のんびりVRMMO記 7

ALPHA LIGHT

まぐろ猫@恢猫

Maguroneko@kaine

JN055876

アルファライト文庫

主な登場人物
Main Characters
ヒタキ（九重《ここのえ》鶲《ひたき》）
双子の妹。13歳。
あまり感情を表に出さないが、
実は悪戯《いたずら》っ子。
隣にいるのは小桜。
ツグミ（九重《ここのえ》鶫《つぐみ》）
本編の主人公。
25歳。双子《ふたご》の妹達の
親代わりで、
ゲーム世界では
生産職に。
リグ
可愛《かわい》らしい蜘蛛《くも》の
魔物。ツグミの
フードの中が定位置。
ルリ（榊《さかき》瑠璃《るり》）
双子の同級生。13歳。
薙刀《なぎなた》が得意で、
ゲーム世界でも攻撃専門。

ヒバリ（九重雲雀《ここのえひばり》）
双子の姉。13歳。
活発な性格で、
幽霊《ゆうれい》以外は怖《こわ》いものなし。
隣にいるのは小麦。
ミィ（飯田美紗《いいだみさ》）
双子の幼馴染《おさななじみ》。13歳。
外見に反し、戦闘大好きの
ハードゲーマー。
(*•ェ•)♪
シノ（榊信乃《さかきしの》）
ルリの親戚《しんせき》で保護者役。22歳。
やる気を一切見せない
物《もの》ぐさ系男子。
メイ
二足歩行の羊の魔物。
身の丈《たけ》より大きな
ハンマーが武器。

金曜日の朝。双子《ふたご》の妹達、雲雀《ひばり》と鶲《ひたき》はまだ寝ているけど、俺、九重鶇《ここのえつぐみ》には朝食の用意がある。

目を覚《さ》ました俺は、もうちょっと寝ていたいと思いながらもベッドから出た。

たまにあるんだよなぁ、ベッドでずっとゴロゴロしてたいとき。平日は無理だとしても、日曜ならやっても良いかもな。

「つぐ兄《に》ぃおはよー、朝から元気いっぱいの雲雀ちゃんですよぉ～！」

「おぉ、本当だ。おはよう、雲雀」

キッチンでまったりと、簡単だけど大量の朝食を作っていると、元気いっぱい娘の雲雀がリビングにやってきた。

妹達は最近、どちらが早く起きれるかを競《きそ》っているらしいが、今日の勝者は雲雀のようだ。

あとからのっそりやってきた鶲に挨拶《あいさつ》したあと、いつでもどこでも元気な雲雀に、出来上がったばかりの朝食をテーブルに運んでもらう。

雲雀が「食べ過ぎて動けない……」とか言い出すハプニングはあったけれど、いつも通り学校へ行く2人を見送り、家事を開始。悲しいことに、家事に終わりはないんだ。

「お？」

リビングに戻って朝食の片づけをしようとすると、テーブルの上に何かが置いてあった。白く四角く薄《うす》っぺらいもの、つまりメモ用紙。

俺のじゃないから、雲雀か鶲のどちらかが置いたに違いない。見ないほうが良いと分かっていても、見てしまうのが人の性《さが》。ペラッとメモ用紙をめくると、可愛《かわい》らしい丸文字で、『今日のR&M予定！』と大きく書かれてあった。

俺達がプレイしているVRMMO【REAL《リアル》&MAKE《メイク》】——通称R&M。

2人が座っていた位置のちょうど真ん中にあったので、どちらのメモかは分からないが、よほど楽しみにしているんだな。

ほっこり気分になった俺は、メモ用紙をテーブルの上に戻し、食器の片づけを始めた。

「さて、昼食は適当に済ますとして……」

皿をぬるま湯で丁寧《ていねい》に洗いつつ、昼の献立《こんだて》を考える。あ、カレーの残りが少しあったしうどんもあるから、めんつゆで溶《と》いてカレーうどんにしよう。

家事をある程度終わらせたら、昼食を済ませ、さっそく買い物に出かける。

賞味期限の迫《せま》った食材が家にあるとか、洗剤がそろそろ切れるとか、いろいろ考えないとな。

買い物から帰ってくるともういい時間だったので、すぐに夕食の準備に取りかかった。

夕食は、賞味期限の近い食材を組み合わせつつ、栄養バランスも考えたメニューにしよう。このバランスが結構難《むずか》しかったり。

「つぐ兄ぃ、ただいまー！」

「ただいま、つぐ兄《にい》。お風呂入ってくる」

あぁ、時間が過ぎるのは本当に早い。玄関の扉が開いたと思ったら、慌《あわ》ただしい足音がして雲雀と鶲が帰ってきた。

汗と土埃《つちぼこり》で汚《よご》れている双子はリビングに入らず、そのまま風呂場へ直行する。２人で入るお風呂はすごく楽しそうだな。

落ちていたメモのことは上がってからでいいか。詳《くわ》しく見なかったから内容は分からないし、雲雀も鶲も特になにも言ってなかったし。

「……こんなものか」

きちんと準備をしていたから、夕食はすぐに出来上がった。
しかしいくら腹ペコの双子でも、さすがに烏《からす》の行水《ぎょうずい》にはならないので、出てくるまでもう少しかかる。今日は1人寂《さび》しく配膳《はいぜん》するか。いや、別に寂しくないけども。

「んん～っ、いい匂いが漂《ただよ》ってるよぉ！」

お風呂から上がった雲雀が、リビングに入ってきた途端《とたん》にくんくんと鼻を鳴らした。
そんな雲雀をちらっと見つつ、鶲が声をかけてくる。

「さっぱりした。そうだ、メモ用紙落ちてなかった？　無地《むじ》で、丸文字きゅるんの」
「雲雀は匂い嗅《か》いでないで、早く席に座りなさい……ええと、これだよな鶲。可愛い文字書くんだな。初めて見た気もするけど」

テーブルの上にあるメモ用紙を渡すと、鶲が楽しそうな表情になった。

「……私じゃなくて雲雀ちゃんの字だよ。丸文字が可愛いから、練習がてら書いたって」

「えへへ、意外と上手に書けたと思うんだ」

なぜか雲雀が照《て》れたように笑っている……まぁいいか。

さて、出来たての料理が冷めてしまうのは悲しいので、さっさと食べてしまおう。

好きな味付けにできるんだから、自分で作った料理に舌鼓《したつづみ》を打つのは自然なことだよな。

そんなことを考えながら食事をしていると、雲雀が「あっ」と声を上げて、俺のほうを見た。

「つぐ兄ぃ。今日は1時間、ええと……ゲーム内の時間で大体2日、遊んでいい？」

「あぁもちろん。もともと平日は1〜2時間、休みの日は3時間程度って約束だったじゃないか」

俺が箸《はし》を休めて雲雀を見返すと、おずおずと窺《うかが》うように聞いてきたので少し笑ってしまった。いつもの元気っぷりはどうした、とからかいたいのを我慢《がまん》して頷《うなず》くと、途端に雲雀の表情が輝く。

「えへっ、そうだったね。あと美紗《みさ》ちゃんの強い希望により、オークキングとの再戦決まりました」

双子の幼馴染《おさななじみ》、飯田《いいだ》美紗ちゃんは戦闘が大好きだから、そうなる気はしていた。経験値も美味《おい》しいし、今の俺達なら危《あぶ》なくなさそうだから、別に止めないよ。

そのあとは、美紗ちゃんがいるならようやく魔法石が使えるとか、部活の朝練《あされん》があるとか、学校で宿題が出たとか、どんどんゲームの話じゃなくなっていった。

――あとでどんな宿題か確認しなければ。

夕食のあと、俺が洗い桶《おけ》の中に食器を入れている間に、２人はさっそくゲームの準備を始めた。

水を溜《た》めるだけだから、そんなに時間はかからない。

俺がリビングに戻ると、もう用意はばっちり終わっていた。

「つぐ兄ぃ、準備できたよ～っ！」

「美紗ちゃんにも連絡済み。時間通り行けるって。なぜか早苗《さなえ》さんが言ってたけど」

「お、おぅ」

……早苗さんのお茶目《ちゃめ》さんめ。

早苗さん——美紗ちゃんのお母さんの出現に、鶲もさぞかし驚《おどろ》いたことだろう。いや、鶲もお茶目さんだからむしろ意気投合《いきとうごう》しちゃうか。

まぁその辺は置いておくとして、満面の笑《え》みを浮かべた雲雀から、俺はゲーム用のヘッドセットを受け取った。そしてちょうど良い場所に置いてあったビーズクッションに腰かけ、ヘッドセットを被《かぶ》ってスイッチを押す。

今更《いまさら》なんだけど、今日の予定を決めるのにいっさい使われなかった、あのメモ用紙って……。

しかしすぐにR&Mに入り込む独特《どくとく》な感覚が襲《おそ》ってきて、そんな取り留《と》めのない考えは霧散《むさん》してしまった。

◆◆◆

いい加減《かげん》見慣れてきた王都の光景に苦笑《くしょう》しつつ、俺は双子を待つ少しの時間に、ペットのリグ達を喚《よ》び出すことにした。

しかし操作《そうさ》の途中で目の前にメッセージ画面が開き、美紗ちゃんことミィがこちらに来たがっていることを知る。平《ひら》たく言うとログイン認証を求められたのだ。

「ええと、まずミィの【はい】を押して、次にリグ達を……」

何度もやってもう慣れたと思っていたんだけど、なぜか操作がモタモタしてしまう。

その間にヒバリとヒタキが現れ、やや遅《おく》れてリグ達ペットが登場。最後に満《まん》を持《じ》してミィがログインしてきた。

久々のゲームということで、ミィの狼の尻尾《しっぽ》はすでに揺《ゆ》れていて、パタパタ音がしそうなほど。そんなに楽しそうだとこちらまで楽しくなってくる。

「あの、さっそくで申し訳ないのですが、オークキングを倒す作戦会議をいたしませんか？　わたし、とても楽しみにしておりましたの。魔法石のこともありますし、やる気満々ですわ」

ミィがモジモジと恥《は》じらいながら、頬《ほお》を赤らめて言った。

可愛らしいミィのお願いは抜群《ばつぐん》の威力《いりょく》……だが、発言内容がいささか物騒《ぶっそう》だ。

でもお兄ちゃん的には、このまま花より団子で正直《しょうじき》さを貫いてほしいところ。

「おぉっ、やる気があるのはいいことだよ！」

「今日倒すと明日も倒せる。ミィちゃん、策士《さくし》」

「ほっ、褒《ほ》めてもなにも出ませんわ」


ミィと同じくらいワクワクした双子の言葉に、またミィが照れる。

なんだか延々《えんえん》とループしそうな気がしたので、俺はいつものベンチに移動しようと提案した。

希少《きしょう》である魔法石について話すなら、作業場の個室のほうがいいかもしれないけど、とりあえずここ。

広場の隅《すみ》にある人気《ひとけ》のないベンチに座った俺達は、それぞれ膝《ひざ》の上にリグ、メイ、小桜、小麦を乗せる。

ミィは作戦会議と言ったが、俺達はバランスの良いPT《パーティ》だからな。きちんと作戦を立てなくても、自分の役割をこなすだけで問題なく勝てるはず。

そう言えば、オークキングとの再戦しか今日の予定を教えてもらってないけど……まぁいいか。

俺は隣《となり》に座っているヒバリに話しかける。

「倒すのは前回と同じ、オークキングと取り巻きのゴブリンで変更ないんだよな？」

「うん！　大人数の複数ＰＴで挑《いど》むと、魔物がオークキング変異体とゴブリン亜種に変わるみたいだけど、私達には関係ない話だから気にしなくていいし」

「つまり、前となんら変化なし……と」

「おふこーすだよ、ツグ兄ぃ！」


うんうんと力強く頷き、適当な発音の英語で返してくるヒバリ。

前回と変わらないならとりあえず安心かな。あえて不安な点を挙《あ》げれば、前回戦ったときよりメンバーが1人少ないことだけど、もともと攻撃力が過剰気味《かじょうぎみ》だからな……うん。

その他の細かいことを簡単に話してから、俺達は討伐《とうばつ》クエストを受けるべくギルドに向かった。

この人数でぞろぞろ行くと邪魔《じゃま》かもしれないが、ギルド内は結構広いし、妹達によるとギルドに行くこと自体が冒険者っぽいので、やめられない止まらないってやつらしいぞ。

到着すると、一目散《いちもくさん》にクエストボードを目指すミィ。空《す》いている時間帯を狙《ねら》ってログインしたので、揉《も》みくちゃにされることはなかった。

そしてクエスト用紙をペリッと剥《は》がすと、手を掲《かか》げ俺達に見せてくる。

「この用紙ですわね！」

「うん、受付してくるよ」


ええと、ちょっと恥ずかしいかな。

ミィに微笑《ほほえ》んだ俺はそっとクエスト用紙を受け取り、心持ち急いで受付を終わらせる。

これで少しは落ち着くかな？　と思ったけど、いっそう闘志を燃やし始めたのでいろいろと諦《あきら》めた。このみなぎる闘志を発散するにはさっさと戦うしかないらしい。すごく楽しみにしていたのだから、まぁ仕方ないか。

俺達はさっそくギルドを出て門に向かった。

大通りに並ぶ店を横目に見ながら、必要なものは……と考えるんだけど、大抵は自分達で用意できるからいらない、という結論に落ち着く。

王都の出入り口である門は混雑《こんざつ》しており、とてもぶらぶらする余裕などなく、はぐれないようにするので精一杯《せいいっぱい》だ。まぁ、それが一番大事なんだけど。

どうにか無事に門を抜けて少し道から逸《そ》れると、すぐに人影がなくなった。

スキル【気配探知】を持つヒタキが言うには、まばらに冒険者の気配があるだけらしい。

俺にはさっぱりだ。

「これから強敵と戦うのですね、血湧《ちわ》き肉躍《おど》ります。すごく楽しみにしておりましたのよ？」

後ろにいるから見えないんだけど、声だけで、ミィの言葉が本心からのものだと分かった。

ちなみに今は、ヒタキと小桜を先頭に、俺とリグ、ヒバリと小麦、最後尾《さいこうび》にミィとメイ、という並びで歩いている。

「へへっ、ミィちゃん1人で倒しちゃいそうだなぁ。私達も気合《きあ》い入れて頑張《がんば》らないと、ねっメイ」


(｀・ェ・´)


「めめっ！」

前回も戦ったはずなのに、ヒバリの問いかけに元気良く返事をしたメイ。ブレないなぁ。

思えば、小桜や小麦は戦闘欲が強くないので、バーサーカーが増えなくて何より。

のんびりまったり進み、ヒタキのスキルのおかげで敵と遭遇《そうぐう》することなく目的地に到着した。

前回と寸分違《たが》わず同じ場所にあるアイコンを、ミィが興味津々《きょうみしんしん》といった様子で眺《なが》めている。

「ただ広いだけの場所ですが、印《しるし》があるので分かりやすいですわ。それにしても、強敵が湧く場所ですのに、王都に近すぎではないでしょうか？」

「それは言わないお約束だよ、ミィちゃん」

ヒバリがとても輝かしい笑顔でそう答えた。

お約束と言うより、プレイヤー用のクエストだから細かいことは気にするな、って感じか？

するといつの間にか隣に移動してきたヒタキが、自信満々の表情で促《うなが》してくる。

「今回は前回とほとんど一緒。私達は準備できてるから、ツグ兄が良いならいつでも大丈夫」

「ん？　あ、あぁ。よし、やるか」

少々反応が遅れてしまった俺だけども、クエストのアイコンにタッチ。

クエストアイコンだっけ？　それとも特殊《とくしゅ》アイコン？　まぁ意味が通じればいいか。

アイコンに触《さわ》った途端、ピリッとした緊張感《きんちょうかん》が一帯に走る。

シャボン玉のような薄い膜《まく》が、アイコンを中心に半球状に広がって、俺達以外のプレイヤーは入ってこられないようになった。

ヒバリ、ミィ、メイが前線で戦い、ヒタキ、小桜、小麦がその後ろ。

あ、今回はヒタキが少しだけ力を制限して、シャドウハウンドを出さないらしいぞ。

武器を構え、戦闘態勢になっている前衛《ぜんえい》組の邪魔をしないよう、俺はこそっとリグに話しかける。

「リグ、俺達は超後衛《ちょうこうえい》。いわゆる最終防衛ラインだ。ヒバリ達からは離《はな》れて、自分達にできることをしよう」


(*>w<)


「シュッシュ～」

ノリノリのリグが小さく返事をしてくれた。俺、リグのそういうところ大好き。

そうだなぁ、孤立《こりつ》したゴブリンでも簀巻《すま》きにするか。するのは俺じゃなくリグだけどな。

とても輝かしい笑みを浮かべ、取り巻きのゴブリンを翻弄《ほんろう》し始めたヒバリ達を放っておき、俺達は物見遊山《ものみゆさん》の気分で歩き回った。

とは言っても、リグがきちんと敵の動きを見て、単独で動くゴブリンを簀巻きにして噛《か》んだりしている。

オークキングやゴブリンは、派手《はで》に暴《あば》れているヒバリ達にご執心《しゅうしん》らしい。なので何匹か片づけると、はぐれゴブリンはすぐにいなくなってしまった。

お疲れ様の意味も込めてリグの背中を撫《な》で、俺はヒバリ達に視線を向ける。

「ふふっ、この数を相手にできるだなんて、さすがのわたしでも興奮《こうふん》を隠《かく》せませんわ！」

「めぇめっ！　めめっめ！」

（｀・エ・´）

戦いの喧騒《けんそう》に混じってミィとメイの声が聞こえてきたけど……気にしちゃダメだと思う。

さて、数が多いので時間はかかっているが、これはもう時間の問題ってやつかな。

タンク役のヒバリも上手だし、ヒタキ……はノーコメントで。

「ふんぬーっ！　ぬおおおおりゃぁぁあぁっ！」

ヒバリが一際《ひときわ》大きな、面白《おもしろ》い声を発し、オークキングの攻撃を盾《たて》で受け流した。

よろけていないので、体重が2倍に増える例のスキルを使っているのかもしれない。ただ、本人は結構気にしているから、このネタでからかうのはやめておこう。

邪魔にならないよう、というかゴブリンに敵意を向けられる前に、俺はささっと移動した。

敵がヒバリにご執心だとしても、まだ数に差がある。

あぶれたゴブリンが俺に向かってきた場合は、リグの糸でどうにかしてもらった。本当に頼《たよ》りになるなぁ。

ゴブリンをあらかた倒すと、本格的にオークキングとの戦闘に入った。

正面《しょうめん》にヒバリが陣取《じんど》り、ひたすらオークキングの攻撃を受ける。そして後方に回ったミィとメイがアタッカーとなり、ヒタキや小桜、小麦は縦横《じゅうおう》無《む》尽《じん》に戦場を駆《か》ける。

あ、俺のことは気にしないように。

「適材適所《てきざいてきしょ》って大事だと思うよ、うん」

(・w・?)

「シュ?」

「ははっ、気にしないで。あ、ゴブリン」

(｀・w・)

「シュ！　シュシュシュッ！」

俺のぼやきに首を傾《かし》げていたリグに指示し、敵を簀巻きにしてもらった。

もはやゴブリンもあまり残っていない。

ヒバリとミィとメイに挟《はさ》まれ動けないオークキングに対し、ヒタキと小桜、小麦が顔めがけて絶《た》え間《ま》なく魔法を浴《あ》びせかける。

「え、うわぁ……」

思わず引いてしまった。なんだかオークキングが可哀想《かわいそう》にすらなってくる。

でも、一度戦闘になってしまったら倒すか倒されるかしかないので、大人しく成仏《じょうぶつ》してほしい。そうだな、俺も魔法を覚えたら真似《まね》しよう。

結果、いつも通りのような気がする作戦で、危なげなく勝つことができた。

俺達は『安全！　大事！　絶対！』がモットーだから、堅実《けんじつ》が一番だ。効率を求めているわけでもないしな。

倒したオークキングが光の粒《つぶ》と化し、周辺を覆《おお》っていた膜のようなものも消失した。


「わぁ～い、勝った勝った！」

「ふふ。私達、強くなってる」

「この爽快感《そうかいかん》、さいっこうですわ！」


集まったヒバリ、ヒタキ、ミィの、開口一番《かいこういちばん》の言葉がこれって……いや、むしろ3人らしくていいか。何度も言うけど楽しそうで何より。

さて、メイ達も合流して喜んでいるところ悪いが、早めに移動しようと思う。

こういう討伐クエストのポイントはたくさんあると教えてもらったけど、それでも訪れる人は多そうだからな。


「……そろそろ行こう。次の人が来るかもしれないからね」

「はーい！　報酬《ほうしゅう》なっにかぁ〜なぁ〜？」


ヒバリが元気に拳《こぶし》を突き上げて返事をしてくれた。

このクエストは経験値も報酬も高めに設定されているから、俺もちょっと楽しみだったりする。もしかして明日もやるのかなぁ……。

そういえば、これからどうするかをまだ知らされていない。ヒタキを見ると小さく頷かれた。


「ん、大丈夫。次の予定もあるから、ゆっくりしてたらすぐ帰る時間になる」

「そんなに予定がぎっしり詰《つ》まってるのか？」

「そんなに、ではない。ゆっくり……は冗談《じょうだん》で、ちゃんと余裕を持って予定を組んでる。時間に追われたら、運動ができないツグ兄、すごく大変だし」

「あぁ、なるほ……ど？」

ヒタキの冗談（？）に、俺は首を捻《ひね》ってしまった。でも細かいことは気にしない主義になったので置いておくぞ。

３人と４匹を連《つ》れ王都に戻る途中、入れ違いで討伐クエストに向かうらしいプレイヤー達を見かけたので、内心エールを送っておいた。

行きと同じく、ヒタキの【気配探知】スキルに頼って魔物がいないところを通り、無事に王都へ戻ることができた。

空《す》いている時間なのか、並ぶこともなく門を抜ける。

しかしギルドに討伐報告に行く道すがら、なぜか屋台での買い食いが始まってしまった。

ぶつ切りの串焼き肉を両手に持ったヒバリが、また食べ物を口に入れたまま喋《しゃべ》っている。

「ふぐひいひはひひははひ、んぐっ、んんっ！　ツグ兄ぃには行き当たりばったりに見えるかもしれないけど、戦士は食べられるときに食べないと」

俺がじっと見つめると、以前注意されたのを思い出したらしく、ヒバリは素早く呑《の》み込んでから話してくれた。

「……おぅ、そうだな。これも食べるか？」

「食べる！」

俺の目はやや冷たかったかもしれないが、美味しそうに食べ物で頬を膨《ふく》らませる妹達はプライスレス。彼女達が楽しんでいれば大体ＯＫだな。

そんなことを考えていると、双子がゲテモノ食材を売る店に興味を示していた。まぁ、主にヒバリがだけど。

俺もさすがに、ああいうものを料理する気にはならないなぁ。ヒバリが何を見ていたのかはご想像にお任《まか》せってやつで。

「ほら、そろそろ報酬もらいに行くぞ」

「はぁ～い！」

元気な返事をもらって俺達はギルドへ向かう。すると中はたくさんの冒険者でごった返していた。

ちょっと混み過ぎじゃないだろうか？　小柄《こがら》な妹達がいるから危ないかもな。

そう考えた俺は安全のため、いったんいつもの噴水《ふんすい》広場に移動し、ベンチに座る。ギルドの報酬受け取りは別に急がなくてもいいからな。

俺の横では、膝の上にペットを乗せたミィ達が思案顔《しあんがお》で話し合っていた。

「大きいイベントでも発表されたのでしょうか？」

「む、情報なかったけど……」

「でも私達、さっきまでオークキングと戦ってたからね。いきなり発表されたのかも！」

「ん！　それなら……」

ヒバリの言葉にハッとしたヒタキがウインドウを開く。

そして真剣に何かを見ていたと思ったら、ゆっくり俺のほうに顔を向けて、ドヤ顔《がお》と呼ぶに相応《ふさわ》しい誇《ほこ》らしげな表情で頷いた。

「理由はすぐに分かる。具体的に言うと北の方向、空の彼方《かなた》を見ててほしい」

そう言ってヒタキは北の空を指差し、ワクワクした素振《そぶ》りを見せた。

え、何かあったっけ？　うーん、もう少しで思い出せそうな気もするが……。

ヒバリとミィはどうだろう。ちらっと２人を見ると、明暗《めいあん》の分かれた表情をしていた。

「なるほど！　わたし分かりましたわ。ようやく実装《じっそう》ですのね。すごく楽しみですわ」

「え、えっ？　な、なんだったっけ？　うはっ、ぜんっぜん思い出せない！」

楽しそうに手を叩き、顔を輝かせたミィ。ヒバリはとても明るいけれど、思い出せず困り眉《まゆ》になっている。

でも、本当にもう少しなんだよなぁ。大丈夫、俺もヒバリサイドだから。

そうこうしていると、ギルドから聞こえる喧騒が格段に大きくなった。

視線を向けると、冒険者がぞろぞろ出てきている。何かが起きることは間違いなさそうだ。


「ヒタキ、お兄ちゃんにこっそり」

「ん、だぁめ」


ヒタキに教えてもらおうとしたが、とても愉快《ゆかい》そうな表情で断《ことわ》られてしまう。

はい、大人しくそのときが来るのを待とうと思います。

それから10分程度。ヒバリ達と話していたからそんなに長くは感じなかった。

1人の冒険者が「来たぞっ！　あっちだ！」と叫んだ。

集まっていた人々が一斉に示された方向に目を向ける。

プレイヤーが騒《さわ》ぐものだからＮＰＣ《ノンプレイヤーキャラクター》達も怖々《こわごわ》と空を見上げている。少し申し訳ないかも。

そしてそれが現れた瞬間、歓喜《かんき》の雄叫《おたけ》びを上げる者、目を見開いて動けなくなる者、地にひれ伏《ふ》し拝《おが》む者など、反応は様々に分かれた。

３人娘はと言えば、キラキラした表情を空に向けていた。

「……やっと思い出した。超弩級《どきゅう》龍・古《いにしえ》か」

ようやく答えを得たスッキリ感と、王都を覆い尽《つ》くすくらい巨大な龍に対する驚き。いろいろな感情が入り混じって、俺もさぞかし面白い表情をしているに違いない。

そんな地上のことなど気にする様子もなく、超弩級龍・古は優雅《ゆうが》にヒレを動かし、ゆったりと王都上空を通りすぎていった。

でかいなぁ、ごついなぁ、といった感想しか出てこない俺を許してほしい。空にいる相手なんて詳しく観察できないし、主に見えるのはお腹《なか》だし、皆そんなものだろう、うん。

「わー！　わーっ！　おっきかったねぇ！」

「すごい存在感でしたわね。あの龍、どれほどの強さかと考えると、胸が熱くなりますわ」

（｀・エ・´）

「めめっ、めぇめっ！」

とても楽しそうにはしゃいでいるヒバリ達を見て、俺の心も温かくなってくる。ミィとメイが相変《あいか》わらず戦闘狂らしい発言をしているけど、気づかない振りをしておいた。

興奮冷《さ》めやらぬ現場にいる俺達だが、ふと、これからどうしたものかと考える。

予想外のイベントに時間を取られ、今後の予定が狂ってしまったんじゃないだろうか？

噴水広場もギルドもしばらくお祭り騒ぎが続きそうだから、一度ログアウトして、現実世界での翌日にログインし直すか……？

「とりあえず、あっちの予定を繰《く》り上げて、こっちの予定はあとにすれば……うんうん」

「報酬の受け取りも、あとからのほうが良さそうですわ」

「いったん待避《たいひ》が賢《かしこ》いやり方」

おぉ、俺が口を挟む間もなくどんどん決まっていく。

とにかくどこかに移動しようって感じだな。その場合、俺達は宿屋か作業場が多いけど。

俺の予想は的中し、移動先は作業場となった。

(｀・w・)


「じゃあ、ささっと行くか」

「シュシュッ」

いつの間にか頭の上に移動していたリグ。いい返事だ。

作業場の2階の個室に着いて、窓から噴水広場を確認すると、あまりの人の多さに乾《かわ》いた笑いしか出てこなかった。一緒に外を覗《のぞ》いていたヒバリ達も同じ心境《しんきょう》だろう。

もう気にしたら負けだ。皆をテーブルに座らせ、俺達はまったり会議と洒落込《しゃれこ》もう。お菓子《かし》も作ったばかりだから、種類は少ないけど数だけはある。いや、これでも足《た》りないかもしれないな。ゲームなら太らないと言って、食べ過ぎる妹達がいるし。

「今からやることと言えば……料理か錬金《れんきん》合成、ルリとシノの服作り……あれ、意外と多いな」

リグにクッキーを食べさせながら考えていた俺は、自分でもクッキーをひと口。

うん、ばっちりな味だ。さすが俺……なんてのは褒めすぎだけど。

食べ終わるのを待っていてくれたのか、俺が呑み込んだところでヒタキが口を開く。

「まず、装備《そうび》に魔法石を合成、が良いと思う」

「あ、いいねいいね！　ずっと気になってたんだ」

「地下で掘《ほ》ったという、例のあれですわね。わたしも、すごく楽しみにしてましたのよ？」


ヒバリとミィが賛成《さんせい》しているし、俺にも異論はない。

ええと確か、手に入れた魔法石は17個……だったかな。

インベントリから探し出し、小粒《こつぶ》なので床に落とさないよう慎重《しんちょう》にテーブルの上に置いた。

一緒に王都の地下で採掘《さいくつ》した魔法石の欠片《かけら》や魔力を帯《お》びた宝石は、素材としては使えるけど合成には使えないらしい。


「やはり、小さいですわね」


小指の爪くらいしかない魔法石を、しげしげ眺めていたミィがそう呟《つぶや》いた。

強い魔物を倒すともっと大きい魔法石が手に入るらしいけど、俺達にはまだ先の話かな。

危ないことはさせたくないし。

さて、以前は全部ヒバリの防具につぎ込むような話もしていたけど、やっぱりみんな強化はしたいよな。だったら……。

「1人4個ずつ強化して、端数《はすう》はヒバリの防具に。ええと、それで大丈夫か？」

「ん、妥当《だとう》」

「はい。ヒバリちゃんは大変なタンク職ですもの」

「おうふ、ありがとうごじゃいます」

俺の提案にヒタキとミィが大きく頷き、ヒバリがはにかみながら、モゴモゴと礼を言った。

3人は俺の作った着物ドレスを強化するみたいだけど、俺はどうしようか。

あ、にゃんこ太刀《だち》にしよう。小桜と小麦の家みたいなものだから、強化したら快適になるかもしれない。

そうと決まればさっそく、と思ったけど、ヒバリ達が先で良いか。

テーブルを覗き込むリグに再度クッキーを渡し、食べ終わった頃合いを見て頭に乗せる。

気を取り直して2度目の合成となるヒバリから。

隣同士のほうが圧倒的にやりやすいので、自分の椅子《いす》と4個の魔法石を持ってヒバリの横に移動すると、彼女は目をキラキラ輝かせていた。

「ひと思いにドッカンお願いします！」

「なんだそりゃ」

俺は軽く笑いながら、魔法石を1個つまんで服に近づけ「合成」と呟く。

その瞬間、魔法石が輝いて消えていった。ちょっと分かりづらいけど、きっと成功したはず。

ウインドウを開き、ヒバリの服の説明欄《らん》をしげしげ眺める。

よしよし成功してるな、って心の中で頷いたあと、続けて3回。全《すべ》て成功したので大満足だ。


【レースとフリルをあしらったお手製着物ドレス】

丁寧《ていねい》に製作された愛らしさ溢《あふ》れる着物ドレス。着用者の一番高いステータスに＋3追加される。

レア度6。合成＋5。HP＋3、MP＋4、VIT＋2、DEX＋1、AGI＋1、WIS＋3、LUK＋1。

【製作者】ツグミ（プレイヤー）

うーん、狙ったスターテスを上げられないのが難点《なんてん》だよな……まぁHPもVITも上がったし、このまま続ければある程度の性能を持った防具になるだろう。ちょっと楽しみだ。

ヒバリから離れ、そわそわしているヒタキとミィの間に椅子を置いて座った。

「私は最後で良い。ミィちゃんをお願い」

「まぁ、ありがとうございます。ではツグ兄様、ひと思いにやってくださいませ」

顔を綻《ほころ》ばせたミィに軽く笑いかけ、俺は4個の魔法石を……って、テーブルの上からちいち拾うのは不便だな。いったん全てインベントリに収納し、仕切り直しと言わんばかりに4個の魔法石を取り出した。

2人にとってはこれが初めての合成だ。とはいえ仰々《ぎょうぎょう》しいものでもないし、ヒバリと同じですぐに終わってしまう。

楽しそうにウインドウを確認している2人の後ろから覗き込んでみた。


【レースとフリルをあしらったお手製着物ドレス】

丁寧に製作された愛らしさ溢れる着物ドレス。着用者の一番高いスターテスに＋3追加される。

レア度6。合成+4。HP+1、MP+1、STR+1、VIT+2、DEX+2、AGI+1、INT+2、WIS+2、LUK+1。

【製作者】ツグミ（プレイヤー）

【レースとフリルをあしらったお手製着物ドレス】

丁寧に製作された愛らしさ溢れる着物ドレス。着用者の一番高いスターテスに+3追加される。

レア度6。合成+4。HP+3、VIT+2、DEX+4、INT+2、LUK+2。

【製作者】ツグミ（プレイヤー）

前者がミィので、後者がヒタキのだな。うん、なんとなく結果は分かってた。

でも同じ合成なのに、数値の割り振りがバラバラって面白い。ミィのほうは満遍《まんべん》なく少しずつで、ヒタキのほうは少ないステータスの数値を多めにって感じで……これがランダム！

3人の満足した顔を見た俺は、腰に提《さ》げたにゃんこ太刀に手を伸《の》ばす。そして慣れた手つきで合成しつつ、あることを思いついた。

メイの装備、黒金《くろがね》の大鉄槌《だいてっつい》を強化しても良いな。装備品だし。今度また魔法石が手に入ったら提案してみよう。


【にゃんこ太刀《だち》】

きらびやかな作りの太刀。鞘《さや》の両側には2本の尻尾を持つ猫又《ねこまた》が大きく描《えが》かれている。途方もないMPを食われるが、猫又は使役《しえき》することも可能。テイマー職限定。

レア度7。付与《ふよ》効果「切れ味悪化《あっか》の遅《おく》れ」。合成＋4。HP＋1、MP＋2、VIT＋2、DEX＋3、INT＋1、WIS＋2、LUK＋2。

【製作者】マカロニスト（プレイヤー）

おぉ、こんな感じになるのか。なんだかんだで初めて説明を見る気がする。

そしてプレイヤーの製作品だったのか。今まで調《しら》べてなくて申し訳ない気が……。

さて、小桜と小麦を見てみよう。武器というか住居が強化されてるし、様子はどうなんだろう。


(>ω<´)

「にゃんにゃ～ん」


(*>ω<)

「にょあ～ん」

双子の膝の上にお行儀《ぎょうぎ》良く座る2匹は、ぷるぷる身体《からだ》を震《ふる》わせ楽しそうな顔文字を出していた。これは喜んでもらっていると言っていいだろう。

「メイ、ごめんな。次に魔法石が手に入ったら、黒金の大鉄槌《だいてっつい》を強化しような？」

(｀・ェ・)ゝ

「めめっ、めぇめっ！」

メイの頭を軽く撫でながら話しかけると、元気な返事があったのでホッと一息。ええと、あとは何をするんだっけ？

ふと窓の外を覗くと、噴水広場の熱狂《ねっきょう》はまだ続いていた。まぁ仕方ないよな。あの龍のことを思い出すと、俺もまだ興奮するし。

とりあえず最初に座っていた場所に戻り、リグを膝の上に移してクッキーを渡した。

「やるとしたら、ルリとシノの新しい装備作りか……」

「そ、そうだね！　コンセプトっていうか、参考画像は用意してあるから安心して。うん」

お菓子を摘《つま》みながらの会話ですんなり俺の意見が採用される。まぁ、もともと予定には入ってたけどね。

静かに頷いたヒタキが俺の側《そば》に寄り、楽しそうにウインドウを見せてきた。

「ルリちゃんには機能性と可愛らしさを追求した軍服風ワンピースみたいなの、シノさんにはシンプルだけど格好いいインバネスコートってやつがいいと思う。難しい……？」

「可愛いし暖《あたた》かそうだな、ええと……お、資料もちゃんとある。これならなんとか作れそうだ」

「ん、よかった」

前回の四苦八苦《しくはっく》振《ぶ》りを気にしてくれたらしく、ウインドウには簡単ながらも作り方が書いてある。でかしたと頭を撫でると、ヒタキは嬉《うれ》しそうに目を細めた。

すぐに製作に取りかかるのは味気《あじけ》ないので、もう少しまったりお喋りしようか。

外の騒ぎがやや収まったタイミングで俺は腰を上げた。リグは危ないからテーブルの上だな。

テーブルの上に移そうとするが、器用に逃げてピョンピョン飛び跳《は》ね頭の上に。リグがそこで良いなら俺も別に良いけど。

作業台に向かい、インベントリを開いて、必要なものをどんどん出していく。

今回は台の上がカラフルになることはなかった。

ミシン、糸、生地《きじ》、ＭＰ、服の作り方、あとは自分のやる気とか、もろもろＯＫ。

どれくらい時間がかかるかは分からないけど、スキルの恩恵《おんけい》もあるから、現実世界で作るよりは簡単なはず。本当、便利だよなぁ。

「リグ、大丈夫だとは思うけど気をつけてな」
「シュッシュ～」(＊>w<)
「ははっ、なら安心だ」

上から楽しそうに見ているリグに、一応注意してから作業に取りかかった。

ええと、まず採寸《さいすん》したデータを元に型紙を作ってから、布の裁断《さいだん》だ。

きちんと採寸したので、紙とペンを使って型紙にするのはすぐに終わった。ヒバリ達の服作りで慣れた、っていうのもあるけども。

次は型紙を当てて生地に線を引いたり、ちょこちょこ見に来るヒバリ達の相手をしたり、生地を裁断したり、自分達でクッキーを作ると息巻くヒバリ達を止めたり……って、なんか無駄《むだ》な作業が多くないか？


「これが終わるまで大人しくな。余った時間でお菓子作りしよう」

「わぁ〜いっ！　約束だからね、ツグ兄ぃ」

楽しそうなのは大変よろしいけど、放っておいたらまた暗黒物質《あんこく》（笑）を作ってしまいそうなので、しっかり釘《くぎ》を刺しておいた。

お菓子の残りも少なくなったし、皆と一緒に作るのは楽しいので、できるだけ早く装備を作り終えよう。あ、だからって手抜きなんてしないぞ。

「あ、わたしはハーブティーなら淹《い》れられますのよ？　ツグ兄様が淹れたもののほうが美味しいですが、たまにはわたしも」

「あ、ツグ兄の補助なしで私達が料理できるわけな……」

【絶妙《ぜつみょう》に微妙《びみょう》なハーブティー】
本当に微妙な味。空腹《くうふく》はもちろん、喉《のど》の渇《かわ》きも癒《い》えない残念な代物《しろもの》となっている。レア度1。
【製作者】ミィ（プレイヤー）

「……あ、忘れていましたわ！」

「たまに忘れるの、仕方ない」

「は、はい。仕方ない……です」

ヒタキの制止は少し遅かった。自信満々だったミィの意気消沈《いきしょうちん》ぶりと言ったら……。

このゲームの悩《なや》みどころはこういったところかもしれないな。

でも、現実世界で飲むミィのハーブティーは本当に美味しいんだ。今度飲ませてもらおう。


(｀>w<)

「シュッ、シュシュ」

「？　あ、あぁ、忘れてないさ」


おっと、手が動いていなかったようだ。リグに軽く謝《あやま》って再開する。

まず前身頃《みごろ》、後ろ身頃、前袖《まえそで》の３つに布をカット。ヒバリ達の着物ドレスを作ったときより手際《てぎわ》がよくなったように思う。

ペラペラだったら格好良くないので、裏布をカットして貼《は》り付けたり、端《はし》ミシンをして頑張って整《ととの》える。

後ろ身頃と前袖を接合して、左右の後ろ身頃も同じく接合。説明としては大雑把《おおざっぱ》すぎるかもしれないが、用意された画像とかを参考にしているから大丈夫。

次にいらない部分をカットして、切ったところがほつれないようにミシン掛け。

よいしょ、と裏返して襟《えり》が完成したので、後ろ身頃に接合。前身頃合わせ部と首回りの加工をして、大きめのポケットやボタン代わりのリボンを取り付ける。

知ってるか？　ボタンってすごく良い値段がするんだ。ま、こっちのほうが格好いい格好いい。

俺にとっては大したことない量のMPを消費しつつ、ひたすらミシンを動かしていく。

「……ツグ兄ぃ、出来た？」

「んー、もう少し。前後の身頃を接合しないと……っと、これで完成だな」

完成までもう一歩のところで、そろぉっとヒバリが問いかけてきた。出来上がりを見たいのか、お菓子がなくなったのか……。

手は止めずゆっくり返事をしていたらちょうど作業が終わり、仕上がり具合を確認するため服を持ち上げると、ヒバリが拍手《はくしゅ》してくれた。

ぱっと見ほつれも歪《ゆが》みもないし、素人《しろうと》にしては上出来だと思う。ヒバリの拍手にヒタキやミィも気づいたらしく、こちらにやって来た。

「ひとつ完成、ですわね。このように素敵《すてき》な品を見てしまうと、欲しくなってしまいます」

「ん、格好良くて実用性に優《すぐ》れている。選んだ私も納得の一品。皆も羨望《せんぼう》の眼差《まなざ》し間違いなし」

べた褒めしすぎじゃないだろうか？　さすがにちょっと恥ずかしい。

「褒めてくれるのは嬉しいけど、スキルのおかげでもあるからなぁ」

照れ隠しで謙遜《けんそん》すると、ミィがぎゅっと拳を握《にぎ》りしめ顔を近づけてくる。おぉ、近い近い。

「それでも、ですわ！　きちんとスキルを使いこなせて、このように素晴らしいものを作る。それができない方が多いのです。誇ってくださいまし」

「お、おぅ」

彼女の勢いにちょっと、いや、かなり押され気味になってしまった。

ええと、製作時間は驚異《きょうい》の3時間。いや、4時間くらいか？　現実世界じゃありえないな。

あぁそうだそうだ。しまう前に説明を見よう。

【シックなインバネスコート】

ボタン代わりの大きめリボンがポイント。色も抑《おさ》えてあり、全体的に大人の雰囲気《ふんいき》。耐寒《たいかん》に優《すぐ》れており、耐熱《たいねつ》はオマケ程度。レア度6。

【製作者】ツグミ（プレイヤー）

おぉ、見よう見まねで作ったにしては良い評価。【服飾《ふくしょく》】などのスキルレベルが高くなったのに、ヒバリ達の服とレア度が同じなのは、市販の生地を使っているから……かな。よく分からないけど、上出来だから気にしない方向でいこう。

丁寧に畳《たた》んだコートをインベントリにしまっていると、ヒバリが俺の手元を覗きつつ話しかけてくる。


「ねぇねぇツグ兄ぃ、このままルリちゃんのお洋服も作る？」

「ん？　そうだなぁ、次に遊ぶときに渡したいし……でも、うぅん、悩むな」

「あはは、そんなに悩むことじゃないよ。お外はまだてんやわんやだし、ここでやれることやってたほうがいいもんね。だから作ろ？」

俺がにょもにょも悩んでいたら面白そうにヒバリが笑い、至極《しごく》簡単に結論を出してくれた。

　だよなーそーだよなーって感じ。ありがたい。

　お兄ちゃん思いの妹に感謝しつつ、閉じたばかりのインベントリを開いて、ルリ用に買った生地一式を取り出す。

　これもワンピースの応用と考えれば、渡された参考画像とスキルで誤魔化《ごまか》せる……はず。でも女の子の服だし、出来るだけ可愛く作ってあげたい。

「用意してくれた作り方を参考にはするけど、ところどころ変えちゃっても良いかな？」

「ええ、大丈夫ですわ。ルリちゃんは、ツグ兄様に任せると言っておりましたし、そのほうが見栄《みば》えが上がると思います。とはいえ全体的に控《ひか》えめなので、わたし達の服のほうが目立つかもしれませんが……」

「それは、うん、そうだね」

　３人の着物ドレスを作ったときは久しぶりの裁縫《さいほう》だったし、初めての体験ばかりで気分も高揚《こうよう》しすぎていた。今ならあんなにノリノリで装飾《そうしょく》を付けないとは思うんだけど。

　軍服風ワンピースなんて言っても、俺の腕ではカッチリした制服が作れない。そこで、ちょっと厚《あつ》めの生地で誤魔化したワンピース……になるかもしれない。

まぁルリの希望なのだから、俺は気にせずもらった採寸表で型紙を作った。

「……胸、私のほうが1センチ大きい」

「……ヒバリ、そういうのはどんぐりの背比べって言うんだぞ」

「うぐっ」

俺の隣に来て採寸表を覗き込み、ぼそっと呟いたヒバリに世間の厳《きび》しさを教えてやる。

するとヒバリは、ダメージを負《お》ったように引き下がっていった。

きっとヒバリには、どうしても言わなければならない事情があったんだ。たぶん。おそらく。

さて冗談はともかく、プリンセスラインのワンピース、前ボタン開き、というのが大体のイメージになるかな。

ボタンは諸事情でリボンになるけど、リボンのほうが見栄えも良さそうだ。

厚手《あつで》の生地を使ったり、裏地《うらじ》の布を何枚か重《かさ》ねたり、首回りや裾《すそ》の部分にさりげなくレースを取り付けたり、ヒバリ達と同じく髪結《かみゆ》い用のレース付きリボンを作ったり。

そうして完成したものを並べると、これはいい出来だと確信が持てた。

【大きなリボンがアクセントな軍服風ワンピース】
ボタン代わりのリボンがアクセントとなった、軍服風のワンピース。襟元《えりもと》や裾にレースやフリルをあしらうことで、控《ひか》えめながらも可愛《かわい》らしさを表現することに成功した。厚《あつ》めの生地《きじ》のおかげか、多少の攻撃なら微量《びりょう》の軽減《けいげん》ができる。レア度６。
【製作者】ツグミ（プレイヤー）

説明を読んで何度か頷いた俺は、軍服風ワンピースを畳んでインベントリにしまい込む。言い回しがあれだけど、攻撃軽減《けいげん》があるのは嬉しいな。

作業が終わったので、借りたミシン魔具《まぐ》や生地の残りを片づけていると、楽しそうなヒタキが隣にやって来た。

「やはり私の目に狂いはなかった。ぐっじょぶツグ兄、お疲れさま」

「ありがとう、ヒタキ。あぁ外、真っ暗になっちゃったな」

ふと外を見るといつの間にか夜になっていた。それでも超弩級龍出現の騒ぎはまだ続いており、多くの人で混雑している。早く落ち着いて欲しいところだけど……。

片づけが終わったので、続いて約束していたお菓子づくりかと思いきや、そうはならなかった。新しく予定を立て直したので先に聞いて欲しい！　とのこと。

椅子に座った俺は頭上のリグを膝に下《お》ろし、数少なくなったクッキーをリグの口へ運ぶ。

「2日間遊びたいって気持ちに変わりはないけど、お祭り騒ぎがすごいし、絶対に行きたいところだけ行って、あとは様子を見て撤退《てったい》も視野に入れてる」

「ん、無難《ぶなん》な案。朝になればほとんど普段通り、だと思うから。住民、たくましいし」

ヒバリやヒタキの言うとおり、今は街中お祭り騒ぎだからなぁ。どこへ行くのも大変かもしれない。

すると唐突《とうとつ》にミィが手のひらを打ち合わせ、それはそれは輝かしい表情で口を開いた。

「あ！　安心してくださいまし、ツグ兄様！　国の大きな収入源である闘技場の大会は、騒ぎがあってもきっと開催《かいさい》されますわ！　わたしの勘《かん》が囁《ささや》いておりますの」

魔王が現れたときも、無血開城《むけつかいじょう》とはいえ内乱があったときも闘技場大会は行われたので、今回も大丈夫だろう……と。

俺はミィの言葉に、「あっはい」としか返事できなかった。仕方ないよな。

とりあえず話をまとめると、必ず行きたい場所がひとつあって、他は様子見《ようすみ》で構わない。そしてミィとルリが楽しみにしている闘技場の開催は大丈夫、か。

遊べる時間が限られているし、中止なんて事態にならずホッとした。

「ちーなーみーにー、絶対に行きたい場所ってのは、北門から出て少し歩くと見える、テントとか張ってある大きな市《いち》みたいなの！」

「なんか、ふわっとした説明だなぁ」

ヒバリがかなり曖昧《あいまい》な説明をしてくれた。ま、まぁ、なんとなく分かったからいいか。

闘技場大会に向けても王都が盛《も》り上がっている、ってことだろう。

「それでツグ兄様、今日はなんのお菓子を一緒に作りますの？　先ほどわたしはお茶をダメにしてしまいましたが、次はきっと、きっと！」

「え、あぁ、インベントリにある材料で作れるものと言ったら……んんー」

微妙《びみょう》な空気を吹き飛ばすように話題を振ってくれたミィなんだけど、すごく力が入っている。さっきちょっとやってしまったからな。

そして俺はインベントリを開いて食材と睨《にら》めっこし、皆で楽しく作れるものを考え中。

簡単なもの簡単なもの……俺が卵白《らんぱく》なしのスコーンを作って、妹達が卵白でメレンゲクッキー。あ、ついでにこの余ってるソーセージでアメリカンドッグでも作ろう。

案外早く決まったな。

危ないので、ペット達にはテーブルに近づかないように伝えた。

俺は今から、3人と戦う決意で料理に挑まないといけないからな。大げさかもしれないけど。

「まず、手を洗いますわ」

「ん、次は使うものを良さげな位置に置く」

「私は時間のかかる竈《かまど》に火を入れとくね～！」

おぉ、俺より先にミィ達が動き出した。リアリティ設定を無しにしているから、手を洗わなくても構わないんだが……まぁ、やる気があるのは良いことだ。

「よしっ」と小さなかけ声で気合いを入れて、俺も立ち上がる。

食材を持っているのは俺なので、妹達がどんなに準備をしても料理は始まらない。足早に作業台へ向かい、インベントリから食材を取り出し台の上に並べていく。

アメリカンドッグはあとにして、まずはお菓子作りをしよう。

スコーンに必要なものはスライムスターチ、バター、砂糖《さとう》、卵黄《らんおう》、レーズンなどの乾物《かんぶつ》。

メレンゲクッキーは卵白、砂糖、スライムスターチか。

少しくらい材料が足りなくても、俺の【料理】スキルが補《おぎな》ってくれるはず。

何度か手伝ってくれたことがあるから、妹達の準備は万全だった。


「ええと、まずボウルをふたつ使って、卵白と卵黄に分けて……あぁ、スライムスターチを粉《こな》ふるいにかけないと」

「粉ふるいでしたらわたし達にお任せを！」

「ん、ぽんぽんしとく」


ミィとヒタキが元気に手伝いを始めてくれた一方、ヒバリは竈と戦っているので参戦できない。

ヒタキの言葉どおりぽんぽんと軽快な音を立て、２人にスライムスターチをふるってもらったんだけど、適量を遥《はる》かに超《こ》えてしまった。

た、楽しかったのなら仕方ない。まぁ他の料理にも使えるし、保存だってインベントリがあるから大丈夫だ。

ミィとヒタキにはスライムスターチをいったん置いてもらい、卵白を泡立《あわだ》ててメレンゲを作ってもらう。砂糖は頃合いを見計《みはか》らって、数回に分けて入れるからな。

ええと、俺は室温にしたバターを別のボウルに入れてクリーム状にし、スライムスターチと砂糖を入れてムラがないように混ぜる。卵黄も入れ、さらによく混ぜていく。

するとヒタキが俺のほうにボウルを向け、つんっと立派に立ったメレンゲのツノを見せてきた。


「ツグ兄、こんな感じでどう?」

「メレンゲはツノが立てば……お、いい感じだな」

「混ぜすぎるとぼそぼそになる、ですわよね。大丈夫ですわ。力任せの料理はあの日を境《さかい》に卒業いたしました。たぶんですけども」


俺達のやりとりを聞いていたミィが、最初は元気に、最後はぼそっと小さく言った。

「あの日」というのはおそらく、ベリー大爆発事件のことだな。詳細は省《はぶ》くが、真っ赤《まっか》なベリーが破裂《はれつ》し、キッチンが惨劇《さんげき》の場になった。

ま、まぁそれは置いておこう。

とりあえずこれで、メレンゲクッキーはほぼ出来たと言っても過言《かごん》ではない。

スライムスターチを加えて軽くかき混ぜたあとは、包装紙《ほうそうし》を手早く折って、絞《しぼ》り袋の代わりを作り、天板に絞っていく。量が多いのでミィとヒタキにも手伝ってもらっているが、ちょっと形が歪《いびつ》になってしまうのはご愛敬《あいきょう》だ。

さて、しばらく時間がかかるだろうし、俺は俺の作業へ戻るとしよう。

粉っぽさがなくなったスコーンの生地をふたつに分け、乾物系とプレーン系を作る。

包装紙に生地を乗せ、上にも包装紙を被せ生地を広げていく。

今回の厚みは３センチ。厚いほうが腹持ちがいいからな。

スコーン用の天板を用意し、切り分けたり並べたりしていると、それはもうとても良い笑顔でヒバリが声を上げた。

「竈の準備出来たよぉ～！　温度どうする～？」

「ありがとう、ヒバリ。そうだなぁ、１４０度だな。クッキーもスコーンも一緒に焼く」

「おっけぇ～い！」

本当はメレンゲクッキーは１００度、スコーンは１８０度くらいがいいんだけど、ゲームならではのスキルがあるから大丈夫だ。

「ツグ兄様、こちらも準備は万全ですわ！」

「俺のほうも出来たから、どんどん運んで竈に入れていいよ。あ、いや、やっぱり運んできてくれるか？　俺が竈の中に入れるから」

「ん、いそいそ持ってく」


指示が二転三転するのは良くないけど、悩んだ結果だから仕方ないと思ってほしい。

ヒバリも加わり3人がどんどん持ってくるので、竈に入れるのが少し大変。だが入れ切ったときの達成感は気持ちいいものだった。

メレンゲクッキーは意外と焼き時間が長いので奥に、スコーンはその半分もかからないので手前に。これで取り出しやすくなる。

「焼き加減は俺がちょくちょく見るから座っていていい」って言ったんだけど、妹達は「使ったものを片づける！」と鼻息を荒くしていたので頼むことに。

料理はアレだけど、片づけの手際はいい感じ。


「アメリカンドッグ用以外は全部片づけるよぉ～。あ、あ、あ、あっめりきゃ～ん♪」

「ヒバリちゃん、すごく楽しそう」

「ふふっ、ご機嫌《きげん》で何よりですわ」

3人が仲良く働いている姿を横目で眺めつつ、俺はクッキーとスコーンを焦《こ》がさないように竈を見守った。

「……これくらいか」

ヒバリ達が後片づけを終わらせてから30分くらい。お菓子を焼くのは簡単に見えて、結構時間がかかるから気をつけたほうがいいぞ。

先にスコーンが、続いてメレンゲクッキーがいい感じに焼けたので、座ってお喋りをしていたヒバリ達を呼ぶ。3人は待ってました！　とばかりに駆けてきた。

まず俺が焼けたものを取り出し、彼女達に包装紙を敷《し》いた籠《かご》の中に入れてもらう。火傷《やけど》しないと分かっていても、現実ならもっと熱いと分かっていても、思わずあつあつと言ってしまう。

ちょっと焦げ目が強いのは仕方ないし、ヒバリ達がつまみ食いするのもしかた……それはどうなんだ？　まぁ、1枚くらいなら良いか。

お手伝いが終わったら、ヒバリ達に作りたてを3分の1くらい渡し、残りは俺のインベントリへ。

これでしばらくの間はお菓子に困らない、かも。

「んん〜、さくふわぁ〜！」

「美味しい。お手伝い効果もある」

「メレンゲクッキーもですが、こちらのスコーンも美味しいですわ。幸せです」

ヒバリ達の浮かれた声を聞きながら、俺はインベントリにしまったお菓子の説明を見る。確認せずにいられないお兄ちゃん心。ぱぱっと見ちゃおう。

【さくふわメレンゲクッキー】
兄妹の合作《がっさく》メレンゲクッキー。外はさくっと中はふんわり。優しい甘さが幸せな時間を運んでくる。少し形が崩《くず》れているのはご愛敬《あいきょう》。レア度3。満腹度《まんぷくど》+3％。
【製作者】仲良し兄妹（プレイヤー。詳細は名前をクリック）

【2種類のスコーン】
クルミやレーズンが入ったものとプレーンの、2種類の美味《おい》しそうなスコーン。お茶請《う》けに最適。レア度4。満腹度+5％。

【製作者】ツグミ（プレイヤー）

Ｒ＆Ｍを管理するＡＩ――そのＡＩの１人が女神《めがみ》エミエール様なのだが――は凄《すさ》まじい勢いで学習するので、説明文が面白くなるのは仕方ないことらしい。どんどん女神様のキャラが濃《こ》くなってきたような気がする……いろいろと。

まぁそれはそれとして、作業台の上にあるアメリカンドッグの材料に目を向ける。

スライムスターチ、砂糖、卵、牛乳、ソーセージ、適当な串。

これだけの材料で食べ応《ごた》えのあるものが出来るのは、食べ盛《ざか》りな妹を持つ主夫《しゅふ》としてありがたい。

木のボウルに、スライムスターチと砂糖をふるう。

卵と牛乳をボウルの中に入れ、泡立て器でしっかり混ぜる。親の敵《かたき》かというくらい混ぜると良い生地になるぞ。

生地を休ませる間に、ソーセージを串に刺す。あ、フライパンに油を入れて１７０度くらいまで熱するのも追加で。

休ませていた生地をたぐり寄せ、面倒なので、串に刺さったソーセージで生地をざっと混ぜる。これは、誰も見ていないときにこっそりやったほうが良いかもな。

生地をソーセージにたっぷりと絡《から》ませ、ひっくり返しながら５分くらい揚《あ》げれば完成だ。

【あつあつアメリカンドッグ】

生地にもソーセージにも味がついているため、そのまま食べても美味しい一品。あつあつでサクサク、冷ましたらしっとりと2度美味しい。レア度3。満腹度＋12％。

【製作者】ツグミ（プレイヤー）

アメリカンドッグの説明文を見て、俺は大変なことに気づいてしまった。ケチャップ、マヨネーズ、ソース、醤油《しょうゆ》、塩、味噌《みそ》。なんでも合うだろうし、そのままでも良いだろう。

だが俺としては！　主夫歴の長い俺としては、手作りの調味料を用意しなければ！

インベントリの中身をザッと見渡し、1人静かに頷く。

そして3人にまだやることがあると伝えてから、俺は材料を取り出した。

トマト、タマネギ、塩コショウ、酢《す》、水。

セットものを買うと使いかけが出たりするから、余りがあれば入れていいかも。

タマネギの皮を剥《む》いてみじん切りにし、小さいボウルの中へ。

トマトは水洗いしてヘタを取り、ざく切りにしてフライパンに入れ、弱火で果肉を潰《つぶ》しながら煮詰《につ》める。そんなに火を入れなくていいから、すぐザルに移して濾《こ》し、皮と種を取り除《のぞ》く。

フライパンを軽く水で洗い、中火でタマネギを炒《いた》め、透《す》き通ってきたら水を入れ、濾したトマトペーストを入れて弱火で煮詰める。

煮詰めて浮いてきた灰汁《あく》を取り終えたら火を止め、常温に冷ましてから濾し器で丁寧に濾す。

何度か濾して滑《なめ》らかになったら塩コショウで味を調《ととの》え、もう一度フライパンに戻して弱火で煮詰める。

好きな煮詰め具合でいいと思うけど、大体3分の1くらいまで水分を飛ばしたら、酢を入れ火を止める。これで市販のケチャップと比べても、味は劣《おと》らないはず。

出来上がったトマトケチャップを瓶《びん》に詰めている途中で、気になったので説明を見た。

【手作りトマトケチャップ】
愛情のこもった手作りケチャップ。調味料と料理の中間。しっかり味付けされているので、そのままお湯で溶《と》けばスープの代用とすることも可能。レア度4。満腹度＋25％。
【製作者】ツグミ（プレイヤー）

1個1個の満腹度《まんぷくど》を表示する食べ物もあれば、1瓶まるごとの満腹度を表示するものもある。

この違いはなんだろうな。特に不都合はないけど。

さて、後片づけをすればここでの用事は終わりだな。あとは朝まで待って、ヒバリ達が行きたがっていた北門の近くに行けばいい。

かなり時間が経《た》っているから、あと数時間で夜が明けるだろう。

俺は手早く調理器具を片づけ、楽しそうにお喋りしているヒバリ達の元へ。


「お疲れさま、ツグ兄ぃ」

「ん、これでPTの兵糧《ひょうろう》は安心。お疲れさま」

「お疲れさまです。先ほどお作りになられていた手作りトマトケチャップ、楽しみにしておりますわ」

「ありがとう、みんな」


テーブルに近づくと、3人娘は笑顔で、それぞれ俺を労《ねぎら》ってくれた。太らないからと良く食べるので兵糧としては少し心配だけど、しばらくの間は大丈夫だと信じたい。

椅子に座った俺は、やることも終わったので全身の力を軽く抜く。

夜明け前になり、あれだけ騒がしかった外も気にならない程度になっていた。

これなら、出歩くのは危ないからもうログアウトするぞ、と言わなくてよさそうだ。お兄ちゃんは悲しむ妹の顔を見たくないからな。

「とりあえず、もう少しで作業場の退出時間だからそれまでここにいて、そのあと北門へ……あ、討伐報酬の受け取りもあるか」

「ん、戦場に行くにはまずお金が必要。大事」

俺が確認のため今後の予定を口に出すと、ヒタキがキリッとした表情で頷いた。

い、いくら大きな市だとしても、討伐報酬がないと足りなくなるような買い物はしないはず。

……大丈夫、だよな？　珍《めずら》しい食材があったら俺もヤバいので気をつけないと。

4人と4匹でしばらく和気《わき》あいあいと雑談し、退出時間になったら忘れ物がないかしっかり確かめ、作業場をあとにした。

平時の雰囲気《ふんいき》に戻りつつある穏《おだ》やかな噴水広場に感動しつつ、人影もまばらなギルドに向かいオークキングの討伐報酬をもらう。

1日経ったから再戦しようと思えばできるけど、今日は思いきり遊ぶらしい。

そしてなぜか「戦場に行くなら腹ごしらえだよね！」と右ポニーテールの子が言うので、美味しそうな香りを漂わせる屋台で、パンで肉と野菜を挟んだケバブのようなものを購入した。

甘じょっぱいソースに絡んだ程良《ほどよ》く柔《やわ》らかい肉、シャキシャキと歯応《はごた》えのいいレタス、雑穀《ざっこく》が混ざっているのか、噛みしめる度《たび》にうま味が染《し》み出てくるパン。

噂《うわさ》に聞く料理ギルドが関係しているのか、少ない調味料でも満足できる味になっていた。侮《あなど》りがたし。


「んん～、ツグ兄ぃの料理もいいけど、こうやって他のを食べるのも大事だよね！」

「ん、舌を育てる。食育大事。うまうま」

「ゲーム世界では食べても太らない、ということが一番重要なのですけどね。今更だと思いますが、本当はこんなに食いしん坊ではないのですよ？」


俺がリグと分け合っている横で、きゃっきゃと楽しそうに話すヒバリ達。でもミィ、それを言うにはちょっと遅いかなぁ。

果実を搾《しぼ》った飲み物も買って、腹ごしらえと称《しょう》した買い食いは終わり。

それじゃ市を目指そうか。まだちょっと早いかもしれないけど、冒険者や商人のために早くから店を開けるところも多いからな。

国認定の大規模な市だから、３人娘が悩むくらい店が乱立《らんりつ》していることだろう。

あとは迷子《まいご》にならないよう気をつけるだけ。ヒバリ達、メイ達に何度も言い聞かせてから、北門を目指す。

やはりこの時間に一般市民は少ないみたいで、北門に向かっているのは、俺達のように冒険者の格好をした人が多かった。

商人もたぶんいるんだろうけど、まだまだファンタジー初心者の俺には見分けられない。あ、プレイヤーかＮＰＣかは簡単に見分けられるぞ。ほら、システムがやってくれるから。

道すがら、ヒバリ、ヒタキ、ミィは楽しそうに話し合う。

「面白いものが売ってるといいなぁ～」

「これは闘技場大会の前哨戦《ぜんしょうせん》。でも、国が許可してるから変な店はないと思う。まぁピンキリ？」

「わたし達が見たいのは、ツグ兄様に美味しいものを作ってもらうために、食材を売っているところと、８割冷やかしで武器防具、あと目玉はスキル屋さんでしょうか？」

（｀・ェ・´）

「めめっめめぇめっ」

武器防具という言葉に反応したメイにほっこりしつつ、道の脇《わき》に等間隔《とうかんかく》で立ち並ぶ騎士の皆さんをちら見《み》する。

魔物が出るから警備《けいび》しているんだろうけど、お疲れさまだよなぁ。その分俺達は快適だけど。

ヒタキ先生から、魔物の襲撃《しゅうげき》は滅多《めった》にあることじゃない、と聞いて、ホッとしたような残念なような。まぁ慣れないから変な気分なんだ、とでも思っておこう。

◆　◆　◆

朝も早いというのに、到着した市は賑《にぎ》わいを見せていた。

魔物が蔓延《はびこ》る街の外にたくさんの店が並ぶ様《さま》は圧巻《あっかん》の一言で、ヒバリ達はもちろん俺もワクワクが止まらない。羽目《はめ》を外さないようにして楽しもうと思う。楽しむのは大事だからね。

「この時間、すごい狙い目だね！　偶然《ぐうぜん》だけど！」

「ん、怪我《けが》の功名《こうみょう》とはこのこと」

けらけら笑い、楽しそうに話すヒバリとヒタキ、そして黙《だま》ったまま目を輝かせているミィ。うん、楽しそうで俺も嬉しいよ。

市の出入り口はあってないようなものだけど、いつまでも止まっていたら邪魔になりそうなので歩き出す。

今の時間帯の客は冒険者が主なのか、空《す》いている店もチラホラ見える。たぶんだけど、それらは一般向けの店なのだろう。

そこにも俺の求める商品があるかもしれないが、どうせ一日じゃ見て回れないほどたくさん店があるので、今は気にしない。

まずは食材を扱《あつか》う店のエリアに向かった。お高い高級食材からゴミにしか見えない食材、ゲテモノと言われる食材まで。

ヒバリ達はゲテモノ食材に惹《ひ》かれているようだけど、俺としては「無理」の一言を送りたい。

「あ、調味料が意外と安い……。買いだな」

冷やかしのつもりだったけど惹かれる店と出会ったので、前を歩くヒバリ達を呼び止め、本格的な品定《しなさだ》めに入った。調味料こそが料理の出来を左右すると思っているからな、俺は。

手に入りにくいものが高いのは当たり前だけど、お祭り価格なのか少しばかり安い。

ゲームを始めた当初と違い稼《かせ》げるようになったとはいえ、無駄遣《むだづか》いしないよう気をつけなければ。

――み、味噌が売ってる。スパイス詰め合わせ、お徳用《とくよう》詰め合わせ……ここは天国か！

「ふぅ、こんなものでいいだろう」

珍しい調味料や食材に目移りして興奮しすぎた気もするが、ヒバリ達も同じくらいハシャいでいたので問題ない。味噌を見つけたときに決めた、食べ物関連で使う予算は守ったから、使い過ぎではない……はず。必要経費だ、うん。

食材の買い物が終わると次は武具屋。

武具はほとんど既製品《きせいひん》しかないらしいけど、たまに凄まじい掘り出し物が出るみたいだな。ジャンク品の一角に、王を決めるための剣が並んでいたこともあるとか。

まぁ、それはそれでどうなんだ、って感じはするけど。

9割の店は地面に布を広げ、武具を並べている。残りの1割はテント型の店なので、中を覗き見るのはちょっと憚《はばか》られた。

ヒバリ達が本気で武具を探していないのは分かるんだけど、フラフラしてて危なっかしいから、お兄ちゃんドキドキだよ。

「やはり、鉄装備より上位には手が出ませんわね」

「ん、しょうがない」

「はい。しょうがないですわ」

あちこち覗き見したミィとヒタキは、いつも通りの答えを出したようだ。

天井知らずな金額になるから、あえて具体的な数字には触《ふ》れないでおこう。

それに、王都付近の魔物を倒すのに不足はないので、俺としては今の装備で大丈夫だと思う。

「スキル屋も見るだけ、って感じになっちゃうけど、もしかしたらレアスキルがあるかもだし、覗いて損《そん》はないかなぁ～って。どうだろ～？」

「俺にはさっぱりだなぁ。あると良いな」

「ふへへ、うん！」

この市の目玉はスキル屋らしく、店は一番目立つ中央にあった。もちろんかなり混雑していて、一言で感想を言うなら、俺達が行ったら潰されそうじゃね？　だ。

少しばかり遠い目をしてスキル屋に群《むら》がる冒険者を見ていた俺は、ふと双子を見る。

さすが兄妹だなぁ、と感心してしまいそうなほど、俺と同じ表情をしていた。

これ以上スキルを増やしても育てきれないし、何よりあの群衆《ぐんしゅう》に割って入るのは至難《しなん》の業《わざ》。

俺達は満場一致《まんじょういっち》でスキル屋に行くことを諦め、他の店の冷やかしに出発した。

よく消費する包装紙の束《たば》がお買い得だったのでたくさん買ったり、リグ達のブラッシングに良さそうな櫛《くし》があったから買ったり。ほくほく。

あっちを見たりこっちを見たり、ぶらぶらしているだけでもお祭り騒ぎの市は楽しいものだ。

生活雑貨を売る店に差しかかると、ヒバリが俺の服を軽く引っ張った。

「あ、ツグ兄！　あの小物見てもいい？　ちょっとだけ！　ちょっとだけだから！」

「ははっ、そんな必死にならなくて良いよ。好きなだけ見てきな？」

「わ〜い！」

断るわけもなく頷くと、嬉々《きき》として小物を見始めるヒバリ。

遅れること少し、ヒタキとミィも合流して３人の会話があたりに響き渡った。

あ、うるさいってことじゃないぞ？　とても楽しそうなので、ほっこりするって感じだな。

しばらく楽しそうな彼女達を見ていたら、気に入るものでも見つけたのか、顔を寄せ合ってコソコソッと話し出す。

「これ、私達にいいんじゃない？」
「ん、ちょうど色も４種類あるからいい感じ」
「やはりわたし達は女の子ですもの。たとえゲームの世界でも、おしゃれアイテムは大事ですわ」

お兄ちゃんが「買おうか？」って聞いても、「お小遣《こづか》いで足りるから大丈夫！　ちょっと待ってて！　本当あとちょっとだけだから」と断られてしまった。お、おぅ……。

「ツグ兄ぃ、私達お小遣いで櫛買うね！　私とひぃちゃんとミィちゃんとルリちゃんの分！」

嬉々とした様子で４色の櫛を購入したヒバリ達。それはリグ達のために買ったシンプルなものとは違い、半月型で飴色《あめいろ》の花が彫《ほ》られた可愛らしい櫛だった。

現実世界で買うより高いけれど、俺達は高所得《こうしょとく》の冒険者だから大丈夫。手当たり次第にポンポン買ったら足りなくなるだろうけど。

とにかく皆が有意義な買い物ができたようで、俺も嬉しいかぎり。

そのあともじっくりと、見ていない店なんかないんじゃないかってくらいに市を回っていると、いい時間になった。

なんとなくだけど朝は商人、昼はＮＰＣ、夕方は冒険者が多い気がする。夜になると……って、もうそろそろ市も店じまいか。

魔物が強くなる夜に営業するのはリスクが高すぎるっぽいし、俺達も王都へ帰ろう。


「王都に戻ったらいつもの場所行って、少し話してからログアウトしよ～！」

「すぐログアウトしてもいいのですが、わたしは次にログインできるのがアレですもの」

「ん、あれ」

「うんうん。アレだもんねぇ～」


王都の兵士によって守られた安全な道をまったり進み、俺達はいつも通り噴水広場にやって来てベンチに腰掛けた。

他愛もないけれど楽しい雑談を交わす。

そうだ、皆でステータスの確認をしておこうか。

REAL&MAKE
リアル アンド メイク

【プレイヤー名】
ツグミ
【メイン職業／サブ】
錬金士《れんきんし》Lv 48／テイマー Lv 48
【HP】969
【MP】1856
【STR】184
【VIT】183
【DEX】294
【AGI】176
【INT】320
【WIS】296
【LUK】255
【スキル10／10】
錬金31／調合32／合成46／料理94／
ファミリー37／服飾《ふくしょく》44／戦わず60／
MPアップ71／VITアップ33／AGIアップ31
【控《ひか》えスキル】
シンクロ（テ）／視覚共有（テ）／魔力譲渡《じょうと》／
神の加護（1）／ステ上昇／固有技 賢者《けんじゃ》の指先
【装備《そうび》】
にゃんこ太刀《たち》／フード付ゴシック調コート／
冒険者の服（上下）／テイマーブーツ／
女王の飾《かざ》り毛マフラー
【テイム3／3】
リグ Lv 70／メイ Lv 76／小桜・小麦 Lv 54
【クエスト達成数】
F40／E15／D3／C2
【ダンジョン攻略】
★★☆☆☆

REAL&MAKE
リアル アンド メイク

REAL&MAKE《リアル アンド メイク》

【プレイヤー名】
ヒバリ
【メイン職業／サブ】
見習い天使Lv53／ファイターLv53
【HP】2272
【MP】1303
【STR】332
【VIT】423
【DEX】278
【AGI】279
【INT】299
【WIS】268
【LUK】315
【スキル8／10】
剣術II32／盾術II35／光魔法78／
挑発II3／STRアップ67／水魔法9／
MPアップ51／INTアップ44
【控えスキル】
カウンター／シンクロ／ステータス変換／
重量増加／神の加護《かご》（1）／ステ上昇／
固有技 リトル・サンクチュアリ／
HPアップ100／VITアップ100
【装備】
鉄の剣／アイアンバックラー／
レースとフリルの着物ドレス／アイアンシューズ／
見習い天使の羽／レースとフリルのリボン

REAL&MAKE《リアル アンド メイク》

REAL&MAKE
リアル アンド メイク

【プレイヤー名】
ヒタキ
【メイン職業／サブ】
見習い悪魔 Lv 49／シーフ Lv 48
【HP】1251
【MP】1283
【STR】251
【VIT】228
【DEX】404
【AGI】347
【INT】271
【WIS】266
【LUK】279
【スキル10／10】
短剣術95／気配探知《たんち》74／闇《やみ》魔法61／
DEXアップ97／回避《かいひ》99／火魔法15／
MPアップ45／AGIアップ43／
罠《わな》探知48／罠解除《かいじょ》29
【控えスキル】
身軽／鎧通《よろいどお》し／シンクロ／神の加護（1）／
木登り上達／ステ上昇／固有技 リトル・バンケット／
忍《しの》び歩き26／投擲《とうてき》39／狩猟《しゅりょう》術1
【装備】
鉄の短剣／スローイングナイフ×3／
レースとフリルの着物ドレス／鉄板が仕込まれた
レザーシューズ／見習い悪魔の羽／始まりの指輪／
レースとフリルのリボン

REAL&MAKE
リアル アンド メイク

REAL&MAKE
リアル アンド メイク

【プレイヤー名】
ミィ
【メイン職業／サブ】
グラップラーLv 39／仔狼Lv 39
【HP】1524
【MP】704
【STR】343
【VIT】209
【DEX】204
【AGI】263
【INT】152
【WIS】169
【LUK】224
【スキル10／10】
拳術86／受け流し67／ステップ70／
チャージ69／ラッシュ62／STRアップ63／
蹴術《しゅうじゅつ》51／HPアップ35／AGIアップ33／
WISアップ30
【控えスキル】
ステータス変換／咆哮《ほうこう》／身軽／神の加護（1）／
ステ上昇
【装備】
鉄の籠手《こて》／レースとフリルの着物ドレス／
アイアンシューズ／仔狼の耳・尻尾／
身かわしレースリボン

REAL&MAKE
リアル アンド メイク

さて、ギルドの用事も済ませたし、市にも行ったし、超弩級龍・古のせいで予定を変更してしまったが、他にやるべきことはないはず。

まったりしている間、ヒバリ達に櫛を渡しメイ達のブラッシングを頼む。もともとふわさらなんだけど、ブラッシングするともっと良くなる気がする。


「むむむぅ」

「……めめぇ」（；´ェ｀）

リグの相手をしていた俺は、ふとミィとメイの発する不思議な声に気づいて隣を見た。

ミィがなにやら変な声を出して一心不乱《いっしんふらん》にメイの背中をブラッシングし、メイは諦めたようにグッタリ遠くを見ている。こ、これは……。

ヒバリもヒタキも気づかないわけがなく、恐る恐る声をかける。

するとミィがガバッとこちらを見て、「明日、予定が入ってしまいましたわ」と言った。

ミィは双子よりも忙しい身、なんとなくそんな気がしてた。

「学業も習い事もきちんと両立するのが、ゲームをする条件のひとつですもの。予定が入

りましたので明日は不参加です……でも一番の楽しみ、闘技場は出れますから」

いつもは元気に立っている狼の耳がペタンとしていて、残念に思っているのがよく分かる。ヒバリやヒタキにも言っているけど、ゲームより現実のほうが大事だからな。

元気のないミィの頭を３人で撫で回し、元気が回復したところでログアウトの準備を始める。

とは言っても、リグ達のステータスを【休眠《きゅうみん》】にすれば終わりなんだけどね。

ちょっぴり寂しさを覚えつつ俺は立ち上がり、スターテス画面を操作した。

するとリグ達の足下に魔法陣が現れ、その姿がかき消える。

これで本当に休めているのか疑問だけど、次に現れるときはいつものすごく元気なのだ。

最後に俺達は噴水の近くへ移動する。

やり残したことがないことを確認して、ウインドウにある【ログアウト】のボタンをポチッと。

◆　◆　◆

勢いよく目を開くとそこは家のリビングで、目線の先には今まさに起きようとする雲雀と鶲。

俺がヘッドセットを脱《ぬ》いでいると、２人は凝《こ》り固まった身体を解《ほぐ》すように伸びをした。

それが心地《ここち》好《よ》いんだよな、すごく分かる。

「んあー、今日もすっごい楽しかったぁ〜！」

「ん、いつも通りのことしかしてなくても、毎日が楽しい。新鮮《しんせん》な思い出じゃんじゃん」

「うんうん。ゲームは心の栄養だよねぇ」

「ん、人生そのもの」

外《はず》したヘッドセットをテーブルの上に置き、立ち上がると２人の会話が聞こえてくる。

君達が楽しそうで何よりだ。

水の中に浸《つ》けておいた食器はどうなっているかな？　とキッチンを覗くと、長年の主夫の勘によりいい具合になっていることが分かる。これはベロンベロン汚れが落ちるぞ。

雲雀も鶲もお風呂に入ったし、明日と明後日《あさって》が休みだから宿題は大目《おおめ》に見よう。

俺も風呂に入って戸締《とじ》まりして寝てしまおうか。そんなことを考えつつ、食器を洗っているとなにやら２人の悲痛《ひつう》な叫び声が。

振り返ると、雲雀と鶲がガックリと肩を落とし、目の前のカウンタースペースに腰掛けていた。

開きっぱなしのパソコンの画面は何かのメールのようだ。

なんとなく先ほどの美紗ちゃんの姿が頭を過《よ》ぎった。

「友達と遊ぶ約束、母さん達……じゃないよな。部活の臨時招集《りんじしょうしゅう》か？」

「ん、正解……部活は部活で楽しいけど」

鶲は頬に手をあてながら小さく頷き、遠くを見ながら呟くように話す。

一方の雲雀は大げさに天を仰《あお》ぎ、勢いよく首を落とす。そしてテーブルに両手を添《そ》え、額を押しつけ泣き真似をしながら叫ぶ、という高等テクニックを披露《ひろう》してくれた。

「私はがっくしだよぉ。なんでも、卒業したOBがいきなり指導したいとかなんとか……じっくりたっぷりねっとり走らされそうぅぅぅぅ」

「古式《こしき》ゆかしい運動部の悪習。ゲームの時間を減《へ》らすなら、身ぐるみ剥ぐ勢いで技術吸収する」

「うんうん。あ～むしろやる気出てきた！」

「やる気は大事。一番大事。うんうん」


鶲の言葉に元気づけられたらしく、雲雀はガバッと顔を上げ満面の笑みを浮かべた。

元気が出たのなら何より、と俺は口を噤《つぐ》む。

だが身体は可愛い妹達を元気づけたいのか、勝手に手が冷蔵庫に伸び、秘密裏《ひみつり》に作っていた果実の甘露煮《かんろに》を取り出してしまう！

というのはちょっとした遊びで、デザートとして2人の前へ。

目を輝かせた雲雀はデザートに目が釘付《くぎづ》けになり、鶲は同じく目を輝かせつつ俺のほうに顔を向けて一言。


「……つぐ兄、神か」

「いや、お兄ちゃんだけど」


面白いけど本当に神ではないのでバッサリ切り捨て、仕上げとばかりにデザートに炭酸《たんさん》水を注《そそ》いだ。これでフルーツポンチもどきの完成だ。

食べ終わる頃には部屋へ帰る時間になっているはずなので、歯を磨《みが》いて寝るよう言おう。

雲雀と鶲の話では、部活は朝から昼まで。寝過ごさないようにちゃんとアラームかけとかないと。いきなり入った予定だとしても、遅刻《ちこく》させたんじゃお兄ちゃんとして格好がつかないからな。

虫歯になりたくないなら歯磨きをきちんとするように！　と何度も言い聞かせ、俺は戸締まりを確認しようと席を立った。

だが甘露煮を呑み込んだ雲雀に「あ、つぐ兄ぃ！」と呼ばれ、足を止めて振り返る。

「明日のゲーム、何をするかは行き当たりばったりだから！　その辺よろしく！」

「お、おぅ」

それはそれは輝かしい表情の雲雀に、俺は乾いた笑いと適当な頷きしか返すことができなかった。

鶲も苦笑していたので、この返しが一番いいんだろうな。

さて明日の予定も決まったことだし、俺も早く寝るとするか。

面白い雲雀のことを思い出して笑いつつ、もろもろの準備をすませ俺も就寝《しゅうしん》。お休み３秒だ。

R&M攻略掲示板

new【ロリコンは】LATORI【一日にしてならず】part7

（主）＝ギルマス
（副）＝サブマス
（同）＝同盟ギルド

1:かなみん（副）
↓見守る会から転載《てんさい》↓
【ここは元気っ子な見習い天使ちゃんと大人しい見習い悪魔ちゃん、生産職で女顔のお兄さんを温かく見守るスレ。となります】
前スレ埋《う》まったから立ててみた。前スレは検索で。
やって良いこと『思いの丈《たけ》を叫ぶ・雑談・全力で愛《め》でる・陰《かげ》から見守る』
やって悪いこと『本人特定・過度《かど》に接触・騒《さわ》ぐ・ハラスメント行為・タカり』
紳士諸君《しんししょくん》、合言葉はハラスメント一発アウト！
ギルマスが立てられないって言ったから代理でサブマスが立ててみたよ。上記の文、大事！　絶対！
・
・
・

書き込む　全部　<前100　次100>　最新50

R&M攻略掲示板

2:かるぴ酢《す》

>>1　乙《おつ》カレー。今日も今日とてロリっ娘《こ》ちゃん達の安心安全ライフのため、ロリコンは頑張《がんば》りますよ～！

3:コンパス

>>1　スレ立てお疲れ秋刀魚《さんま》。
悪意を持ってロリっ娘ちゃん達に近づく奴らはロリコンから正義の鉄槌《てっつい》がくだされるからな！

4:sora豆

>>1　おっおっ！

5:黄泉《よみ》の申し子

前の>>991　その作戦で行きまっしょい。

6:中井

今日はなにするんだろ？

7:棒々鶏《バンバンジー》（副）

>>1　おつありです。

書き込む　全 部　<前100　次100>　最新50

R&M攻略掲示板

8:わだつみ
狂戦士ロリっ娘ちゃんー！

9:ちゅーりっぷ
お兄さん俺だー！　介護《かいご》してくれー！

10:つだち
仔狼ちゃんがいるということは、戦闘フラグ！　嬉々《きき》とした表情で魔物を殴《なぐ》るあの姿、ロリコンと同じくイケない扉が開きそう。

11:白桃《はくとう》
>>3　邪念《じゃねん》を受信したらギルドのメンバーもお仕置き対象、がいいと思います！

12:フラジール（同）
趣味《しゅみ》と実益《じつえき》を兼《か》ねられて幸せ……。

13:NINJA（副）
お目こぼしされてるだけと分かっているんでござるが、こう、溢れ出すパッションに負けたら一気にアウトでござる。自分も皆も、より一層気をつけないとダメでござるな。精進精進《しょうじんしょうじん》。

書き込む　全部　<前100　次100>　最新50

R&M攻略掲示板

14:空から餡子《あんこ》

王都は金策《きんさく》に来るならいいけど、レベル上げにちょっと悩《なや》むよね。まぁロリっ娘ちゃん達を見れるなら些細《ささい》なことだけども！　だ！　け！　ど！　も！

15:焼きそば

掲示板での皆の姿と会ったときの姿、めっちゃ違いすぎて若干《じゃっかん》引く。ぶるぶる。

16:餃子《ぎょうざ》

>>10　おぅおぅそうだともそうだとも。仔狼ちゃんはルンルン気分でオークキングと戦いに行ったぞ。だけど新しい扉を開くのはやめといた方がいい。

17:夢野かなで

>>9　介護www　介護でいいのかwwwwww

18:ましゅ麿《まろ》

とりあえず楽しそうなロリたん眼福《がんぷく》なりぃ。

・

・

・

書き込む　全部　<前100　次100>　最新50

R&M攻略掲示板

56:ナズナ

>>49　すごかったねぇ。どれくらいすごかったかと言うと、ロリっ娘ちゃん達がログインしてくれたときくらいすごかった！　それくらいの衝撃《しょうげき》！

57:黒うさ

人が多いのはあまり得意じゃない……。

58:芋《いも》煮《に》会《かい》委《い》員長《いんちょう》（同）

お兄さんに服作ってもらいたいわぁ～！

59:かなみん（副）

>>49　あれは絶対人類が手を出しちゃいけない魔物だと思う。ロリっ娘ちゃん達と同じく、愛でるだけにしておこう？　あれはさすがにヤバい。

60:氷結娘《ひょうけつむすめ》

>>52　大型イベントそろそろ実施されるって噂《うわさ》なぁ……。正直《しょうじき》8割信じらんないかもなぁ。

61:ヨモギ餅《もち》（同）

どこもかしこもお祭り騒《さわ》ぎだね。遠《とお》めのとこにいるフレンド人嫌いだから疲弊《ひへい》してたよ。

62:もけけぴろぴろ
空の超弩級《どきゅう》龍と地の超弩級龍が戦ってるとこ見たい。これぞガチの怪獣大戦争。ドキがムネムネする。

63:こずみっくZ
屋台が活気づいている……！

64:魔法少女♂
>>58　自分もー！　作れる人マジ尊敬《そんけい》☆☆☆

65:密林三昧《みつりんざんまい》
ロリっ娘ちゃん達は安全な作業場にいるし、ちょっぴり手持ちぶさただにゃ～。

66:棒々鶏（副）
>>55　おk。あとで連絡するぞぉぃ。

67:甘党《あまとう》
龍の古ちゃん、お空を一周したかと思ったらもっと高く飛び始めて見えなくなってしまった……。あの巨躯《きょく》が見えなくなるとか……。

書き込む　全部　<前100　次100>　最新50

R&M攻略掲示板

もしや、お空の空、宇宙もこの世界にあるかもしれん。無限の可能性は凄《すさ》まじいのぅのぅ。

68:かるぴ酢
>>57　頑張ろうず。

69:さろんぱ巣《す》
>>60　そっかぁ～。でも早く始まって欲しいよね。もち、皆ある程度満足するやつ。

70:iyokan
お兄さん料理教室開いてくんねぇかなぁ。

71:神鳴《かみな》り（同）
龍の騒ぎに乗じてスリとかやってるやついるな。バレたら大騒ぎになるのに。ちなみにスティール系のスキルは自身のＤＥＸと相手のＤＥＸ、あとレベルもか、あとスティール系のスキルレベルの高さも。それで対抗して成功か失敗か判断されるぞぃ。成功率ｕｐスキルはあるけど、ガードはどうだったかなぁ。

72:わだつみ
>>65　安全な場所にいるってのが一番だよ。見れないの悲しいけど。

書き込む　全部　＜前100　次100＞　最新50

R&M攻略掲示板

73:ましゅ麿
はじめて膀胱《ぼうこう》がヤバいですアラームがキターッ！　というわけで落ちます。こんな歳《とし》になって漏《も》らしたくないので。４時間休憩《きゅうけい》じゃ〜い。

74:コンパス
>>63　こずみっくさんwww　たんとお食べwww

75:つだち
ロリっ娘ちゃん達に貢《みつ》ぐ夢を見て、ギルド下のダンジョンで魔石掘《ほ》り。いつかきっと貢げる！！！！

76:こけこっこ（同）
ぷろはおむつするらしいで

・

・

・

108:焼きそば
>>103　それな。別に俺達のことは割りとどうでもいいけど、ロリっ娘ちゃん達も参加するし。

書き込む　全部　＜前100　次100＞　最新50

R&M攻略掲示板

109:夢野かなで
市は朝っぱらから大盛況《だいせいきょう》ですなぁ。

110:ナズナ
>>106　一緒に行こうず。

111:もけけぴろぴろ
自分もロリっ娘ちゃん達に貢ぐ用の資金を貯《た》めようと思いました。これぞまさにただの貯蓄《ちょちく》。

112:プルプルンゼンゼンマン（主）
いいスキルを買うためならえんやこら。プル、防御系スキルほちぃの……。鉄壁《てっぺき》の守護《しゅご》騎士ってスキルほちぃ。

113:iyokan
>>107　道とか市とかいっぱい人いるし、ＮＰＣ兵もいるし、ロリコンもいっぱいいるしわりかし安全だと思う。

114:sora豆
そう言えばＲ１８パッチいれたんだけど、お酒美味しい！！！！！！！！！　酩酊《めいてい》って状態異常なるけど！　被ダメｕｐ移動速度低下、もろもろ盛《も》りだくさん！

書き込む　全部　＜前100　次100＞　最新50

R&M攻略掲示板

115:つだち

道に迷《まよ》ったらＮＰＣ兵が優《やさ》しく案内してくれた。ちょー恥《は》ずかしかったけど背に腹は代えられん。

116:kanan（同）

>>105　あ～それそれ。教えてくれてありがと。お礼にあとでなんか見繕《みつくろ》っとく。

117:中井

俺も闘技場の参加券あるからなんかやろうかなぁ。ボッチ、チーム、ギルド、魔物、どれにしよ。

118:フラジール（同）

ああ仲良しロリっ娘ちゃん達かわいいいいいい。

119:氷結娘

南の方にカカオとか栽培《さいばい》されてないかなぁ。ここでもチョコ食べたい。

120:かなみん（副）

>>112　鉄壁の守護騎士って言ったらマジもんのタンク御用達《ごようたし》スキルじゃないか。あとクソ高い。その下位スキルにしよ？　それか頑

書き込む　全部　<前100　次100>　最新50

R&M攻略掲示板

張って覚えよ？

121:黄泉の申し子

店がたくさんあって人も大勢いるといろいろジロジロ見ても怪《あや》しまれないからしゅき。市場しゅき。

122:甘党

>>114　へぇいいなぁ。今度給料入ったら買ってみよう。細かく設定できるといいなぁ。お前が言うな状態だけど、変態行為は好きじゃないし。

123:密林三昧

ロリっ娘ちゃん達、市を見終わったらログアウトするらしいぞぉ。今日も健《すこ》やかにゲームが出来てロリコンも大満足。

124:NINJA（副）

そろそろ時間でござるなぁ。

125:かなみん（副）

いつも通り、ロリっ娘ちゃん達がログアウトしたら解散で己の鍛錬《たんれん》に励《はげ》むがいいさぁ〜。

書き込む　全 部　<前100　次100>　最新50

そんなこんなでロリコン掲示板はチマチマと書き込みが続いていく……。

◆　◆　◆

ふと目が覚《さ》め、枕元に置いてある動物の可愛い目覚《めざ》まし時計を確認する。今日は土曜日だな。

「……よし、寝坊は免《まぬが》れた」

目覚ましをセットしていた時間よりも少しだけ早く、俺はちょっと得をした気分に。
ちなみにこの可愛い目覚まし時計は、雲雀と鶲が貯《た》めたお小遣いで、俺の成人記念にプレゼントしてくれたものだ。
ゆっくり起き上がって着替えを済ませてから、朝食を何にしようか考えつつキッチンへ。
料理に取りかかり、そろそろ出来上がるなぁ、と思っていたら2階が慌ただしくなり、少しするとお腹を空《す》かせた雲雀と鶲がリビングに顔を出した。

「んん～っ、いい匂い！」

「おはようつぐ兄。美味しそうな朝食は元気の源《みなもと》」


俺も「おはよう」と声をかけ、出来上がった料理をテーブルに運んでもらう。

あとは飲み物を用意して、テーブルに着くと手を合わせて「いただきます」。

今日は部活のみだが、学校に行く平日と同じような会話が続く。

ゲームができないのは不満だけど、部活は楽しいし友達に会えるから好きなのだと。

平日よりはゆっくりでいいけど、ゆっくりし過ぎて遅刻したらマズいので雲雀と鶲を急《せ》かす。学校が近いとしても油断は禁物《きんもつ》だからな。


「朝ご飯おいしかったぁ～。つぐ兄ぃ、行ってくるね！」

「ん、ごちそうさまでした。部活はお昼までには終わるから、今度は美味しいお昼ご飯待ってる」

「はいよ。気をつけていってらっしゃい」


朝食を食べ終えた雲雀と鶲は、慌ただしく水筒《すいとう》やタオルなどが入ったバッグを抱《かか》えて、バタバタと走り去っていく。

俺はたまに頼まれる仕事以外は専業主夫だから、ほら、優雅ななんちゃらってやつだ。

「……さて、俺も俺でやることやらないと」

時間は待ってくれないから、予定があるなら早くやらないと。お昼まで5時間しかないし。食器を片づけて、洗濯《せんたく》をして、月曜日は燃えるゴミの日だからまとめたいし、使ってない部屋の片づけもやりたい。圧倒的に『俺』が足りない。

とりあえず、やらないとマズいものから片づけよう。まず洗濯機を回してから食器を洗って、ゴミをまとめて……主夫歴13年は伊達《だて》じゃないところを見せないとな。

しかしゴミをまとめたり玄関回りが気になって掃《は》き掃除《そうじ》をしたりしていたら、もうお昼の鐘《かね》が鳴る直前になってしまった。

ということは、雲雀と鶲がお腹を空《す》かせて帰ってくるのも時間の問題だ。

「手早く作れるものは……」

玄関の掃除道具を片づけ、キッチンに向かうとエプロンを装着して手を洗う。そして冷蔵庫の中身と睨めっこしていると、いい感じの献立が思い浮かんだ。

自家製ケチャップをたっぷり絡めたチキンライス。野菜のざく切りスープ、でいいか。

床下にあるぬか漬《づ》けは、合わないから却下《きゃっか》。

「お、帰ってきたな」

半分ほど作り終わったくらいで扉の開く音が聞こえ、次《つ》いで「ただいま！」と元気な声が聞こえてくる。

汗だくで土埃まみれの２人は俺が言わなくてもお風呂場に直行し、シャワーで汚れを流してくるだろう。着替えも一応置いてあるし、俺は早く昼食を作らないと。

黙々《もくもく》とフライパンを振り続け、雲雀と鶲が出てきたのと同時に昼食も完成した。

示し合わせていないのにナイスタイミングだと、心の中で軽く親指を立てておこう。

「あ～、つっかれたぁ～。んん～、いい匂い～」

「疲れたけど、それ以上の収穫《しゅうかく》を得た。最近の中学生らしくグイグイ質問攻《ぜ》めしたから、タイムが伸びたかもしれない。そしてお腹が空《す》いた。ぺこぺこ」

リビングに入ってきて早々ささやかな胸一杯に匂いを吸い込む雲雀と、キッチンの出入り口で部活の様子を報告してくれる鶲。

「お疲れ。用意はできてるから食べよう」

「わ〜い！　ごっはんごっはん」

食べながらでも楽しくお喋りはできるので、彼女達がお腹を鳴らす前に食べようと促す。

それじゃ手を合わせて、いただきます。

部活の話や、靴下《くつした》を裏返しにして洗濯するな、などと話しながら食べていると、ふと雲雀が問いかけてきた。

「あ、そうだつぐ兄ぃ」

「ん？」

ちゃんと口を空《から》にしてから話したので、言い続けることは大切だと悟《さと》る。

「さっきひぃちゃんとシャワー浴びててね、不意に思い出したんですよ。そう言えば、つぐ兄ぃと物置部屋の掃除をする約束をしたなぁって」

「うん。したな」

「それでね、今日やっちゃえばいいんじゃないかって。ゲームやりたいけど、夜でいいし」

「おぉ、俺としては嬉しいけど」

しみじみした表情で雲雀に言われたら頷くしかない。ちょっと前に約束してたこと、覚えていてくれたんだなと俺もしみじみ。

「じゃあ決まり！」と雲雀が楽しそうな笑みを浮かべ、チキンライスの残りを掻《か》き込んだ。

チキンライスのケチャップは少々頑固《がんこ》だから食器を水に浸けておくとして、俺は雲雀と鶲に汚れてもいい服を着てくるように言う。着替えたら現地集合で。

さて、今回片づけるのは2階にある物置部屋で、俺がこの間ビーズクッションを取りに行った部屋でもある。

作業内容を大まかに説明すると、まずは何があるかを記録した目録《もくろく》を作る。そして、換《かん》気《き》をして埃《ほこり》などの掃除をする。このふたつだ。

雲雀と鶲はついこの前まで着ていた小学校指定のジャージに着替えており、頭に三角巾《さんかくきん》を被ってやる気満々のご様子。

「ふふ、お父さんがお母さんに内緒で送ってきた荷物もここに入れてある。楽しみ」

「そうだなぁ。さすがに増えすぎたし、そろそろ母さんにお灸《きゅう》を据《す》えてもらおう」

「私、最近入ってないから何あるのか分かんないなぁ……」


鶲が小さく笑って言った発言に俺も同意する。母さんに教えるときが楽しみだ。

遠い目をした雲雀の頭を一撫《ひとな》でし、俺は物置部屋の扉を開け放った。たまにしか窓を開けていなかったので、やはり埃っぽさが目立つ。

カビ臭さはないからセーフだと思いつつ、今度は一目散に窓に駆け寄り開け放つ。今日は風が程良く入ってくるからいい感じ。


「雲雀、鶲、マスクもしておいたほうがいい。掃除道具はこれで、上から掃除していくぞ」

「は～い」

「ん」


埃を吸い込んだら身体に悪いから皆でマスクを着け、掃除道具を持っていざ戦闘開始。

様々な便利グッズが発売される世の中にはなったけど、まだまだ一瞬で掃除してくれるグッズとかはないからなぁ。今後に期待ってやつだな。うん。

掃除の基本は上から下にやっていく、というのは古今東西《ここんとうざい》変わらない。

雲雀と鶲の手が届かない場所を重点的にやれば、割りと作業効率もいい……はず。とはいえ、気合いを入れて頑張らないと。

棚《たな》をハタキでパタパタはたいていた雲雀が、思わずといった感じで声を出す。


「うわっ、鮭《さけ》が熊に噛みついてる木彫《きぼ》りがある」

「……新しい北海道のお土産《みやげ》？」

「わ、分かんないや。ほ、放っておこう」

「ん、触らぬ祟《たた》りに神はなし」


鶲が首を傾げ、雲雀は困ったように苦笑して放置することにした様子。賢明《けんめい》な判断だ。

普段使いできそうな品から何かの儀式《ぎしき》に使うのだろうかという品まであって、ツッコミたいのは山々だけど今は掃除に集中しなきゃな。

見えにくい場所から綿埃《わたぼこり》が出るわ出るわ。今度から定期的にハタキだけでも、と心に誓《ちか》う。


「あとは床を掃いて、水拭《みずぶ》きと乾拭《からぶ》きをひたすらやれば大丈夫だな」

「やる項目が少ないだけで、やらなきゃいけないことは多い……」

「とりあえず、水拭き乾拭きまで終わったら休憩《きゅうけい》しよう。拭くのが一番大変だけどな」

埃を落とし終えたら次はひたすら拭き掃除が待っていると、近くにいた鶲に告《つ》げると遠い目になってしまった。

昨日食べたフルーツポンチっぽいデザートを休憩に出して労おう。確かアイスもあったから、それも添えて。

よく家事を手伝ってくれるから雲雀と鶲の手際はいい。

ひたすら拭くこと2時間弱。

俺が「終わった」と呟くと、雲雀が両手を上げ思い切り伸びをした。

「あ～、第1回戦終了って感じがするぅ～」

「……全身埃だらけ。お風呂入ってきたい」

「おお、掃除道具は俺が片づけておくから2人とも入ってこい。もう汚れることはないだろうし」

自分達の姿を見て、鶲が疲れたような表情で呟くので、風呂に入るよう促す。いくら元気が取り柄《え》の2人でも、朝から全力で部活やってきたし疲れもするだろう。

俺も風呂に入らないとまずいことになっているので、デザートはもう少しあとになりそうだな。

それはさておき、誰かと一緒にやると家事の進み具合が違う。悪い方向にってときもあるけど。

窓からそよっと入ってきた風で火照《ほて》った身体を冷やしつつ、のんびり掃除道具を片づけていると、いいタイミングで雲雀と鶸が2階に上がってきた。格好は掃除前に着ていた部屋着だな。

「よし、俺もシャワー入ってくるから、リビングでくつろいでてくれ。ちなみにオヤツは昨日のフルーツポンチもどきにアイスを添えて、だ」

「「おぉー」」

俺もキッチンに入れないくらい汚れているので、2人に休んでいるように伝え、シャワーを浴びようと風呂場へ向かう。オヤツのことを伝えたときの雲雀と鶸の表情と言ったら……。

何回も言ってるけど、本当に作り甲斐《がい》のある可愛い妹達だよ。

俺は雲雀や鶸のようにお洒落《しゃれ》な部屋着はないので、至《いた》ってシンプルなシャツにズボン。手早くシャワーを済ませてリビングに行くと、2人はソファーに座りまったり過ごしている。

２人の後ろを通り抜け、キッチンに入ってエプロンを着用。

冷蔵庫を開けたり食器棚を開けたりしていると、雲雀と鶲はテレビを消してカウンターテーブルに置いてある椅子に腰掛けた。

「おやつ～♪　おっやつぅ～♪」

「優しい甘さと癖《くせ》になるしゅわしゅわ。食い意地《いじ》の張った私の胃が早く早くと急《せ》かしてる。じゅる」

「ははっ、もう少しで出来るからな」

楽しそうに俺の手元をジーッと見つめる２人に思わず笑いつつ、早く作ってあげようと少し手の動きを速める。

器に果物を適当に盛り、サイダーを注ぎ、冷凍庫からアイスを取り出してスプーンでくるっと丸くなるように盛る。これで完成だ。

完成したデザートをカウンターに乗せると、目と表情が輝く雲雀と鶲。

「うひゃー、すごい美味しそう！」

「働いたあとの甘味は格別。まだやることが残ってるとか、考えたらいけない」

ポソッと呟かれた鶲の一言に苦笑しつつ飲み物の準備をし、２人にテーブルへ持って行くように言う。

早く食べたそうにソワソワしている２人がちょっぴり可哀想なので、席に着いて早々にいただきます。

昨日と同じなはずなのに、アイスを添えるだけでこんなに味が違うものか、と自画自賛《じがじさん》。

「んん〜、んんんんんん〜」

「ん、すごく美味しい。爽《さわ》やかな甘みの中にミルクアイスのコクがプラスされて、いい相乗《そうじょう》効果を生み出している。昨日食べた、アイスがないさっぱりとしたものもいいけど、今はこっちのほうが身体に染み渡る」

俺の料理の腕がメキメキ上がったのって、雲雀と鶲が美味しいときはとても喜んでくれ、不味《まず》いときは物すごく悲しい表情をしていたからだ。

俺の前に座っているけど、少しばかり遠いので頭を撫でることができない。なので言葉だけで最大の感謝を。

「貴重《きちょう》な意見ありがとう」

「へへっ」

「……ん」


おお、滅多に見れない本当に照れたときの表情だ。この表情を見ると、雲雀と鶲のお兄ちゃんで良かった、ってしみじみ思うよ。

3人で照れてしまったオヤツタイムも終わり、いろいろな意味で楽しい2回戦が始まる。必死に掃除した甲斐《かい》もあり、最初のように嫌な臭いがすることはない。あとは何があるのか調べるだけだし、割りと早く終わると思う。

あぁ、これは雲雀の大好きなフラグではないはず。たぶん。

掃除を始める前に雲雀が見つけてしまった、鮭が熊に噛みついている木彫りはもちろん、大きなものから小さなものまで、いろいろ出るわ出るわ。

昔の思い出の品から、なんだこれと言いたくなるガラクタまで。取って置きすぎかもしれない。

分かりやすいように端《はし》から記入を始め、雲雀と鶲には俺がやりやすいよう並べてもらう。まぁ記入と言っても、俺の携帯端末《けいたいたんまつ》にポチポチ打ち込んでいるだけだが。作業効率もまぁまぁ。

「ねぇねぇつぐ兄ぃ！　これ見てこれこれ」

「んん？」

そんなことを考えていたら、雲雀が興奮したように話しかけてきたので、彼女の手元を覗き込む。

雲雀が大事そうに持っていたのは、キラキラと輝く手鏡だった。

「……これは、綺麗《きれい》な手鏡だな」

「うんうんでしょでしょ！　お母さんのかなぁ？　使ってるとこ見たことないけど……。なんか、すごい高そうだから早くしまっとく」

「ん、雲雀ちゃん賢明」

俺が思わず漏《も》らした言葉に雲雀が全力で頷き、次第に真剣な面持《おもも》ちになり元の場所へ返しに行く。

昔の記憶をたぐり寄せると、俺は小さいときにその手鏡を1度見た気がする。いや、あやふやすぎて分からないな。

思い出の品かもしれないし、今度帰ってきたときにでも聞けばいいか。

◆　◆　◆

掃除よりも時間はかからず、1時間ちょっと。

見落としているものもあるかもしれないけど、何があるかあらかた把握《はあく》できた。あとは母さんにこのデータを送って、返事を待つだけ。


「んん〜、達成感半端《はんぱ》ないねぇ」

「疲れたけど、宝探しみたいで楽しかった」

「おぉ、いい表現だね！」


やることはほとんど終わったので、雲雀と鶲は楽しそうにリビングへ戻っていく。まぁ俺もこのデータをこう、ポチッと送って終わりだな。

換気のために開けていた窓を閉め、同じく開けていた出入り口の扉を閉める。

階段を下りてリビングへ通じる扉を開けると、ソファーに置いてあるビーズクッションにもたれ掛かり休んでいる2人の姿。今日はよく働いて疲れただろうし、夕飯は栄養のあるものをいっぱい食べてもらおう。俺も結構疲れてるからなぁ。

俺がリビングに入って来たのが分かったのか、雲雀と鶲は顔だけこちらに向けた。そしてゆるっとした笑みを浮かべ、思い思いに「お疲れさま」と口にする。

「あぁ、雲雀も鶲もお疲れさま。今日の夕飯はなに食べたい？　手伝ってもらったし、お兄ちゃんなんでも作っちゃうぞ」

「ん？　なんでも⁉」

「お、おぅ……。冷蔵庫の中身と相談はするけど」

ガバッと鶲が身を起こして、食い気味に問いかけてきた。な、何か食べたいものがあったんだろうか？

珍しく苦笑している雲雀に声をかけられ、鶲の興奮は収まった様子。

そして、食べたいものは何故《なぜ》かあんかけチャーハンに決まった。今に始まったことではないけど、チョイスが謎《なぞ》すぎる……。なんでもいいと言ったのは俺だし、まぁいいか。

ジャガイモもあるからポテトサラダにして、ゲームはそのあとで。

「む、夕飯までもう少しある。だからもうちょっとお仕事の延長《えんちょう》。浴槽《よくそう》洗う」

「あー、そうだね。やっぱりシャワーだけじゃ物足《ものた》りないよねぇ。あと一応、小テストあるから漢字の書き取りでもしよっか」

「ん」

おぉ、俺が言わずとも自主的に働いてくれるなんて……って、いつものことだけど。

2人がお風呂掃除に行き、静かになったリビングで俺は1人時計を見る。確かに夕飯を作るにはまだ早い。

物置部屋の掃除に結構時間が取られたと思ったんだけど、割りとそうでもなかったらしい。

このままのんびり過ごしてもいいけども、考えるといくらでもやらなきゃいけないことって出てくるんだよなぁ。目先の仕事は食器洗いかな。さっき食べたやつ。

「……よし、やるか」

離れたくないソファーに別れを告げ、キッチンへ行きまずはエプロンを着用。

食器を洗って布巾《ふきん》で水気《みずけ》を拭《ぬぐ》い、食器棚に戻していると、お勉強セットを持った雲雀と鶲が戻ってきた。部屋じゃなくてここでやるらしい。

「つぐ兄ぃ、手伝う?」

「いや、もう終わるから大丈夫だよ。あ、勉強するなら飲み物持っていきな」

「おー、ありがとつぐ兄ぃ!」


キッチンを通りかかったとき、雲雀が中を覗いて話しかけてくる。

ありがたいことだけど、手は足《た》りているのでやんわり断り、彼女に飲み物を持たせた。

俺も動いて汗かいたし、きちんと水分を取らないと。脱水症状《だっすいしょうじょう》は怖《こわ》いからな。

漢字の書き取りなら俺の出番はないと思うので、キッチンの仕事に集中しよう。

あ、ポテトサラダは冷《ひ》やしたほうが美味しいから今から作るか。いつもは出来たてほやほやなんだけど、今日は冷たい気分。

そうと決まれば食器棚の下の扉を開いてジャガイモを取り出し、冷蔵庫の中を覗き込む。

ハムを入れて、下に敷くのはレタス……ない。キャベツでなんとか代用しよう。うまくいかなかったらコールスローを作るか。

結果、思った通りの時間帯に作り終えることができた。

出来上がった料理を運んでもらおうと、先ほどまで楽しそうにお喋りをしていたはずの雲雀と鶲を見る。

だがソファーの近くに彼女達はおらず、どこに行ったのか首を捻っているとカウンターテーブルの下からひょっこり顔を出し、２人は楽しそうに笑う。

「そこの可愛らしい妹さん達、お手伝いに来てくれたのかな？」

「えへへ、そうだよ。手伝いって言っても運ぶだけなんだけどね」

「ん、給仕は可愛い妹小鳥にお任せあれ」

驚きはしなかったものの、彼女達の意図が見えない。そうだったらいいなぁ、と問いかけると正解だったらしく、なんとも楽しそうなお手伝いが始まった。

作りたては熱いから気をつけてほしいところ。

「ごっはん～、ごっはんんんん～っ」

持って行くだけなら大した時間はかからないので、雲雀のちょっと音程《おんてい》の外れた創作歌を聞きながら、俺もキッチンからテーブルへ。

あとは食べるだけだから、両手を合わせていただきます。いつも通り自画自賛できる味に仕上がっている。

まったり会話しながらの楽しい夕食が終わりを告げ、次第にソワソワしだした雲雀と鶸の姿に思わず小さく笑ってしまう。

俺はいつものように食べ終わった食器を水に浸《ひた》しながら、彼女達に準備するよう促した。


「よっしぃ〜、ゲームだゲームだぁ〜」

「ん、予定は未定だけど」

「そ、それは言わない約束だよぉ」


楽しそうに会話している雲雀と鶸を見ながら、ソファーの定位置に座りヘッドセットを持つ。

俺としては雲雀と鶸が俺を混ぜて遊んでくれるだけで、本当に嬉しいからなぁ。俺達なら予定なんて立ててなくても面白おかしく楽しめるだろ。うん。

まだまだ終わりそうにない雲雀と鶸の会話を「時間がなくなるぞ」とぶった切り、3人でヘッドセットを被ってからボタンを押す。

今日は特にやることもないそうだし、1時間くらいでログアウトだ。

◆　◆　◆

目を開けたら見慣れた噴水広場。

ヒバリとヒタキは処理の問題で少し遅れるのだが、リグ達を喚び出しているうちに現れた。

双子に小桜と小麦を見ているよう伝え、俺はフードにリグを入れメイと手を繋《つな》ぐ。

「まずはいつも通り隅《すみ》っこへ移動だね！」

近づいてきた小麦を抱《だ》き上げたヒバリが、勢いよく振り向くと元気に言った。

人の邪魔になるのはいただけないし、予定を決めていないなら余計いつものベンチに行かないとな。そうと決まれば即移動、と慣れ親しんだベンチへ。

「そう言えば、すっかり龍の騒ぎは収まったみたいだな」

「ん、昨日のログインからここでは一ヶ月経ってる。さすがにお祭り騒ぎは続かないかな？」

「あぁ、そうか」

ベンチに座って膝の上の小桜を撫でるヒタキが、微《かす》かに笑いながら教えてくれた。

前回はあれだけ騒いでいたのに、もう落ち着きを取り戻している街並みに、どうしても違和感《いわかん》を覚えてしまう。頭では分かっているのにな。

「今日は何しよっかなぁ～」

あまり人がいないのでまったりとしていたら、ヒバリが呟くように独《ひと》りごちた。

その言葉を聞いたヒタキが自身のウインドウを開き、何か操作をしている。楽しそうなことがないか探しているのかもしれない。

口を開かず、黙々とウインドウを操作すること数分。ガバリと顔を上げたヒタキはなぜかちょっと困り眉になっていた。

「……今日は、ギルドでＮＰＣの依頼が多い。困ってる。やってあげたい」

「おぉっ！　人助けだね！　いいかな、ツグ兄ぃ？」

ヒタキに続いて、ヒバリもお伺《うかが》いを立ててきた。

誰も嫌がるはずがないのに……と内心苦笑しつつ、俺は力強く頷く。

「あぁ、もちろん」

「んじゃ、ギルドにレッツゴー！」


途端に元気になったヒバリの大きな声と共に、ゆっくり立ち上がってギルドへ向かう。

のんびりベンチで話し込んでいたからか、他の冒険者達は出払っているようだった。ごった返していたら入りにくいし、俺達としては幸いだな。

冒険者達が出払って一段落し、ゆったりしているギルドの中に入ると、俺達は無人のクエストボードに一直線。

やっぱりというかなんというか、残っているクエストは儲《もう》けが少ない気がする。まぁ、これを俺達がやるんだけど。

ええと、どんな依頼があるんだ？　と上の方のクエストを覗き込む。低い部分にある依頼は妹達用、って感じで。

薬草の採取《さいしゅ》、お使い、運搬《うんぱん》、ペットの散歩、家庭教師、護衛《ごえい》などなど。俺達にはインベントリって手があるから、運搬のクエストがいいかもしれない。

「んん〜、王都のお使いもりもりこなそうか！」

「ん、片《かた》っ端《ぱし》からやっても可」

考えることを諦めた様子のヒバリが元気に俺を振り返り、ヒタキがグッと親指を突き出す。

日数がかかりそうなもの以外で、俺達にできそうなものを適当に選べばいい。片っ端からっていうのは、頭を使わなくていいから簡単でいいな。うん。

「じゃあ、王都の中のクエストからやってくか」
「え～と、荷物運びとぉ～」
「……ペットの散歩?」
「あとこの、草むしりってのな」

俺が簡単そうなクエストを適当にペリッと引っ剥がし、一応大丈夫かヒバリとヒタキに見せる。簡単そうなクエストの中に、難しいものが紛《まぎ》れているかもしれないからな。

ええと報告、連絡、相談のほうれんそうは大事ということで。

お墨付《すみつ》きをもらえた俺が代表して受付に向かい、手早くクエストの手続きをしてもらう。

俺達の他に依頼を受けようなんて冒険者はいないので、本当に手続きが速かった。

時間帯をズラす利益はこの速さにあるよな。いい条件のクエストは軒並《のきな》みないってことを除けばだけど。

【引っ越《こ》し作業の手伝い】
【依頼者】リリンラ・ランララーラ（ＮＰＣ）
ずっと住んでいた東側から西側へ引っ越しをするので、力自慢の手伝いを数人募集します。インベントリ持ちでしたら年齢性別問わず優遇《ゆうぐう》いたします。
【ランク】Ｅ
【報酬】１人３０００Ｍ《ミュ》。

【ペットの散歩】
【依頼者】セヴァス（ＮＰＣ）
たくさんペットを飼《か》っておりますので、２名以上の手伝いを必要としています。持ち手がいればいいので年齢性別問わず。
【ランク】Ｅ
【報酬】１人２０００Ｍ。

【空《あ》き地の草むしり】
【依頼者】カヨレ・ザッソ（NPC）
訳あって所有している空《あ》き地をほったらかしにしていたら、草が生《は》え放題になっておりました。条件などは特にありませんが、頑張っていただける方よろしくお願いします。
【ランク】E
【報酬】1人2500M。

今日依頼を受けたのはこの3つで、受付の人から地図ももらったから迷《まよ》うことなく行けると思う。

前のふたつは貴族が住むような場所の依頼、後のひとつは人があまり来ないような場所の依頼だ。距離《きょり》も近いし前のふたつからやっていこう。

そうと決まれば早速と言わんばかりに俺達は歩き出し、地図を頼りに依頼主の家を探す。

貴族街でも俺達のような冒険者は珍しくないらしく、親切にしてくれる。

冒険者には掲示板という名の情報網《もう》があるし、ここで生きる人にとって冒険者とは持ちつ持たれつだから……とヒタキ先生。おぉ、なるほど納得。


「おぅふ、豪邸《ごうてい》だねぇ」

「……ここがあの女のハウス」

「門番の人がいるみたいだし、行くぞ２人とも」

地図の通りにたどり着くことができ、デンと構える洋館にヒバリとヒタキがなにやら一言。

よく分からないことを言うのはいつものことだから放っておき、早く行くように促す。突っ立っていたら怒られるかもしれないしな。

あ、ちなみにリグ達は【休眠】モードになってもらった。

今から引っ越《こ》しだのペットの散歩だのするから、リグ達に万が一があったら大変。でも草むしりに行くときには、出てきてもらおうって思ってるよ。

豪奢《ごうしゃ》な洋館をマジマジ眺めるヒバリとヒタキを連れ、門の両脇に立っている門番のところへ。ここから見る限り、引っ越しの慌ただしさとかは感じられない。

俺達が近づいた瞬間、しかめっ面《つら》の門番の表情が和《やわ》らいだように見え……って、俺達は迷子でも未成年のお使いでもない！

「お、俺達は、引っ越しの依頼を受けたインベントリ持ちの冒険者だ」

内心でちょっぴり憤慨《ふんがい》しつつ話しかける。俺達が依頼を受けた冒険者だと分かると謝りながら門を開けてくれた。年若く見られたのはラッキーとでも思おう。ポジティブは大事。装飾の少ないクラシカルなメイド服に身を包んだ侍女《じじょ》さんに迎《むか》えられ、後ろに続いて歩く。

庭も見事なものだ。

「ふわぁぁぁぁ」

侍女さんが飴色の正面玄関を開けると、ヒバリが声にならない声を上げる。

しかしそんな玄関ホールを堪能《たんのう》する間もなく、歩きに歩かされた。

案内ついでに彼女は今回の引っ越しの責任者で、使用人の中でも地位が高いのだ、と教えてもらう。なるほど。

案内された部屋はどの部屋よりも扉が頑丈《がんじょう》そうで、彼女が扉を開けると、重い音が響き渡った。

窓はなくランタンや蝋燭《ろうそく》の灯《あか》りのみの、言うなれば宝物庫。中で数人が忙《せわ》しなく働いており、俺達が中に入っても気にも留めず荷物をまとめている。

『インベントリを持つ冒険者の皆様方には、こちらの荷物を運んでいただきたいのです。こちらは当家歴代《れきだい》の主が集めた至高《しこう》の品々、傷つけるわけにはいかないのです』

お、宝物庫と例えたのは正解だったらしい。大切なものを傷つけず運ぶには、インベントリが一番安心できる手段だと俺も思うので納得。

この場合、運び手がそのまま消えたらとか思われがちだけど、ギルドと国からの指名手配って本当に何もできなくなるみたいだからな。得られるもの以上に損が大きすぎる。

俺達に運んでほしいものは高価な壊《こわ》れ物なので、ひとつひとつ丁寧に梱包《こんぽう》されていた。あと1個1個がかさばるので、インベントリ持ちはありがたい、って感じか。インベントリに入れていたら、どこかにぶつけて破損《はそん》するってことはないし。

『では、お三方にはこちらの目録を見て、まとめた荷物をしまっていただきます。特に大事なものです。それと、インベントリに余裕がありましたら他のものもお願いいたします』

「分かりました」

大容量のインベントリはプレイヤーが最初に持っている特典、みたいなものだからなぁ。

まぁそれは置いておき、侍女さんから渡された3枚の紙に軽く目を通して、ヒバリとヒタキに手渡す。変なものがないか確認だったんだけど、さっぱり分からん。

ここには責任者の侍女さんもいるし、荷物を梱包している人もいる。皆一様《いちよう》に忙しそうだけど、俺達が運ぶものがここの作業の要《かなめ》だと言わんばかりに手伝ってくれる。ありがたい。

大きい木箱に小さい木箱、多種多様《たしゅたよう》すぎて一見しただけじゃ分からない。

んんー、俺のインベントリはかなり満タンに近いからあれだけど、ヒバリとヒタキのインベントリはあまり物が入っていないから、たくさん入るんじゃないだろうか。

と、少々ズレた考えをしつつ、ひたすらインベントリに詰めること数十分。


「お、おっ、終わった！」


いくらでも出てくるんじゃないか、と少し戦慄《せんりつ》していた木箱は、ヒバリがしまったもので最後だった。

感動して拍手してしまいそうになるが気を引き締《し》め、侍女さんを交えてヒバリ、ヒタキとインベントリに入れたものの確認。

木箱という名でインベントリに入っているけど、詳細を見ると詳しく中身が記載《きさい》されていた。

なんだか歴史を感じる、とてつもない国宝級のもののようだ。横文字の並んだ名前を見ても分からないけど、俺だって男だしちょっとワクワクする。

責任者である彼女のお墨付きをもらい、作業は終わりを告げた。

『次は荷物を新居まで運搬、ですね。こちらも私が皆様につき、最後まで見守らせていただきます』

「は～いっ！」

『ふふっ、では参りましょうか』

ヒバリの天真爛漫《てんしんらんまん》さに侍女さんも毒気《どくけ》を抜かれたのか、小さく笑って歩き出した。置いて行かれないよう注意しつつ、俺達はついて行く。

来たときはそうでもなかったのに、屋敷の外も皆が慌ただしく働いている。ええと、引っ越しも終盤《しゅうばん》？

「ん、いつもは行けない場所に行ける。ドキドキ」

「はは、そうだな」

他人の家だから当たり前だけど、プレイヤーが勝手に入ったり見て回ったりできないところにいる興奮から、表情を輝かせるヒタキ。

ヒタキの頭を軽く撫で、俺もその意見に同意。ただ話しながら歩くのもいいが、置いて行かれないよう気をつけないと。

貴族のお宝を狙った悪党どもをバッタバッタとなぎ倒すイベント！　なんてものはなく、侍女さんの案内で無事にたどり着くことができた。先ほどの屋敷もすごかったというのに、こちらの新居は広さがザッと見積《みつ》もって2倍以上、いや3倍近くあるかもしれない。

ヒバリが口を大きく開けて呆けており、また侍女さんが小さく笑う。俺達は極々《ごくごく》普通の一般市民だし、呆けてしまうのも無理はないさ。

こちらも人が慌ただしく出入りしており、ぶつかったりしないようヒバリとヒタキに気をつけさせる。あ、俺もか。


『ここの宝物庫はこちらです。この屋敷は先ほどの屋敷以上に入り組んでおりますので、気をつけてついてきてください』

「はーい、気をつけます！」

「ん、分かりました」

大事な荷物を運ぶため冒険者を雇《やと》い入れると周知しているようなので、万が一俺達が迷子になっても「怪《あや》しいやつめ！」とはならないみたいだから少し安心。きらびやかな内装をキョロキョロと眺めながら、先ほどの屋敷よりも歩いてひとつの部屋へたどり着く。

ここの宝物庫はもっと厳重《げんじゅう》そうな分厚《ぶあつ》い鉄の扉で、中に入るのにもきちんとした手順が必要らしい。責任者である侍女さんがパパッとやったから、俺達が知る術《すべ》はないけど。知らなくていいこともあるし。

『では、こちらに木箱を並べてください』

重厚《じゅうこう》な造《つく》りの扉をくぐると、こちらも思った通りというかなんというか。中には誰もいなかったけど、いつの間にか後ろからワラワラ現れ、忙《せわ》しなく行き交《か》っている。

ええと、うん、細かいことは気にしないようにしよう。

侍女さんが手で示してくれた場所に目を向けると、柔らかそうな敷物《しきもの》が敷かれていて、絶対に傷つけないという確固《かっこ》たる信念を感じた。

ドキドキしながら細心の注意を払い、俺達はインベントリにしまっていた木箱を順番に取り出す。

「これと、あともう1個で俺のほうは終わりだな」
「んん～と、私はあと3個～」
「……これ終わったらあと2個」

宝物を入れた木箱は小さなものも大きなものもあるから、手間や手順がかかって大変だ。俺達は敷物の上へ出すだけだけど、周りの人はあっちへ行ったりこっちへ行ったり。このために選ばれた人達だろうし、俺達は見守る作業に徹《てっ》しよう。

「ふわぁ、金ぴかぴか」

ひときわ大きな木箱から取り出されたのは、大の男が数人がかりでようやく持ち上がるような壷《つぼ》……みたいな装飾品。

俺達はほとんど梱包済みの木箱しか見ていなかったから、中身が出てくる度に反応してしまう。

こういうのって、普通はそれなりの場所に行かないと見れないからなぁ。

忙しない人達の頑張りによって、俺達のインベントリには木箱が1個もない状態になった。つまり、宝物の運搬は終わりってこと。

いろいろとアレがアレでアレだから怖いので、ヒバリとヒタキと侍女さんとで何回も確認したから大丈夫……だよ。うん。

『冒険者の皆様、今日は本当に助かりました。我が家《わや》の宝物に傷ひとつつけず運び終えられたのも、インベントリ持ちの皆様のおかげです』

仕事の終わった俺達を侍女さんが宝物庫から連れ出し、周りを見られるようゆっくり歩きながら話し出す。

さっきだけど俺達の仕事は宝物の運搬だけ、って言っていたし、屋敷で働く人にとっては宝物の運搬が一番苦労するみたいだし、あまり働いてないとか俺達が気にすることじゃないか。

『こちらがクエスト完了用紙です。報酬の９０００Ｍはギルドで受け取れます。皆様方、もし冒険者として立ち行かなくなったとき、この屋敷を、私を訪ねてください。皆様でしたらすぐにでも雇えるよう手配いたしますので』

「は、はい。お気遣《きづか》いありがとうございます」

屋敷の中も外もゆっくり歩いてくれたおかげで景色を堪能することができ、ヒバリもヒタキも満足げな表情を浮かべている。そして足を止めた侍女さんが1枚の紙切れを取り出したので、俺が受け……って、なんか勧誘されてる気がするんだけど。

まぁ気にせず軽く頭を下げ、クエストの完了用紙を受け取りインベントリへしまった。

あとは見送られつつ、貴族街にいる次の依頼人の元へ行くだけだ。

ペットの散歩だから、こちらもリグ達には休憩してもらわないとだな。寂しいけど。

◆◆◆

次の依頼場所はここから近く、歩いて10分もかからないと思う。迷ったらいけないと、事前に侍女さんから聞いたから迷子はない。歩いて10分の距離にあるとか、ほぼお隣さんだよね。

ここの建物《たてもの》は大きいというかなんというか……。

「ええと、次はここの屋敷の依頼だな」

「おぉ～っ！」

一応インベントリからギルドの受付でもらった地図を取り出し、確認しながら進むところもやはり自分の家が何軒《けん》入るのか、というほどに大きい屋敷。

何度見ても飽《あ》きないらしいヒバリの反応を横目に、俺は先ほどのように立派な門の端に立つ門番へ近づく。

今回は事前にクエスト用紙を持っていたのですぐに見せることができ、何事もなく通された。

案内をしてくれたのは壮年《そうねん》の執事《しつじ》さんで、このまま中庭へ通され待つように言われたから大人しく待つ。

俺の胸まである薔薇《ばら》で出来た生《い》け垣《がき》はキチッと切りそろえられているし、敷かれている芝生《しばふ》も均一の長さを保っており、美しくて見惚《みと》れてしまう。

「む、この手間は一朝一夕《いっちょういっせき》ではない」

「あ、そっだ、うちも草むしりしないとね」

俺と同じように庭を眺めて何度も頷くヒタキに、ふと我が家を思い出すヒバリ。性格の違いに小さく笑っていると、優雅な足取りで先ほど俺達をここに案内した執事さんがやってくる。

その両手に10本のリードを持ち、繋がれた犬？　猫？　と首を傾げたくなる丸っこい生き物を連れて。

丸っこいぬいぐるみのようなモフモフの生き物に悲鳴こそ上げなかったものの、両頬に手を当て紅潮《こうちょう》させるヒバリとヒタキ。すぐにしゃがみ込み、毛玉のような生き物を撫で始める。

あ、興奮しててもきちんと撫でても平気そうか確かめているのか。

『冒険者の皆様、お待たせいたしました。こちらが今日の依頼、散歩していただくペットでございます。幼体《ようたい》ではございますが知能は高いので、あまりお手間をかけることはないと思われます』

「は、はい。ええと、あと他に注意事項などは？」

『そうですねぇ、散歩は貴族街の中だけで十分です。私どものペット散歩は貴族街でも知れ渡っておりますので、何か困ったことがあったら衛兵《えいへい》に。あとは、できるだけ怒らないであげてください』

ヒバリとヒタキをまるで初孫《はつまご》のように微笑ましく眺めつつ、注意事項を聞く。

割りと簡単な気もするので拍子《ひょうし》抜《ぬ》けというかなんというか、最後の言葉に少し首を捻っ

たものの「分かりました」と頷き10本のリードを受け取る。ついでにお道具袋も。

「リードなんだけどヒバリとヒタキで3本ずつ、俺が4本。離さないようちゃんと持つんだぞ」

「「はーい！」」

他にも仕事があるから、と去っていった執事さんの後ろ姿を見送り、表情を輝かせた2人に3本ずつリードを手渡す。

毛玉は少しはしゃいでいる様子だけど、いきなり引っ張ったりしないからホッと一息。たまにいるよな。自分より強い生き物の前では大人しくしていて、いなくなった途端に大暴《おおあば》れするやつ。

というか、一番大事なことを聞くの忘れてた！　このモフモフ毛玉達は犬なのか、猫なのか、それとも違う動物なのか、あるいは動物じゃないのか、とか。

鳴き声は微妙に違うが犬っぽい。あぁいや、散歩から帰ってきたら聞けばいいか。

お道具袋の中身は小さなスコップと何枚もある小さな麻袋、水筒、底が深めの器《うつわ》。これはどう考えてもお散歩用お道具。そういうものが必要とは考えていなかったのでありがたい。

俺達も準備は万全だし、ヒバリとヒタキに声をかけ歩き出す。


「おぉぉおぉぉ、いい子ちゃん達だよぉう！」

「ん、躾《しつけ》が十分に行き届いている。可愛いというだけでとてつもないポテンシャルなのに、お行儀もいいなんてとんでもない。魔性《ましょう》」

「お、おぅ。それはよかった」


お散歩がとても楽しみらしい毛玉達はピョンピョン飛び跳ねたりしても、リードを持っている俺達を決して引っ張ったりしない。さっそくと言ってもいいくらい、ヒバリとヒタキは毛玉達の魅力《みりょく》にメロメロになったようだ。

少しばかりリグ達だって、と謎の親馬鹿を拗《こじ》らせつつ、俺達は屋敷の正門へ向かう。

門番に門を開けてもらいくぐると、毛玉達の興奮は最高潮《さいこうちょう》に……なるかと思ったら、むしろ冷静になったようで大人しい。知能が高いと言っていたし、もしかしたら、周りに見られていることを意識して？　いや、まぁいいか。

ギルドの受付でもらった地図を見れば分かることだけど、ここの道は貴族街の大通りみたいだ。城とここを往復《おうふく》するだけで結構な距離になる。

くぐった門の端っこに寄り、一応簡単な確認と細かいもろもろを２人と話す。

「ヒバリ、ヒタキ、端から端まで往復するぞ。割りといい距離あるから満足してくれる、かも」

「りょ～かい！　いっぱいお散歩しようね！」

「ん、スタミナの概念《がいねん》ないからいくらでも付き合える」

　万が一でも何したときは何々すると軽くでも話しておけば、パニックにならず冷静に対処できるかもしれないからな。そわそわしながらこちらを見上げる毛玉達には悪いけど。

「もろもろ終わったし、いざしゅっぱ～つ！」

　ミィのように尻尾があればブンブン振り回しているだろうヒバリと、ピョンピョン飛び跳ねながら嬉しそうについてくる毛玉達の姿に俺は癒《いや》された。

　それはヒタキも同じだったのか、俺のほうを向いて真顔で何度も頷くので、俺も真顔で頷き返す。

　通りを巡回《じゅんかい》する衛兵にちら見されるものの、呼び止められなかったのでとりあえずホッと一安心。

　冒険者によるお散歩はよくあることなのか、妹達も一緒だから微笑ましく見ているのか、俺的には後者でお願いしたい。だが、邪《よこしま》な目で見るのはアウト。

豪華《ごうか》な馬車などが行き交うので道の端っこを歩きつつ、お行儀のいい毛玉達と優雅なお散歩。

俺達は持久力《じきゅうりょく》――スタミナの設定がなくてよかったね、と言いたいくらいに貴族街の大通りを往復し、毛玉達が帰りたがる素振りを見せたので無事帰宅。

「はぁ〜、可愛い子に囲まれての散歩はあっという間に時間が過ぎちゃうねぇ」

「こういうクエストならいつでも受けたい。自分達が癒されるし、お金もがっぽがっぽ」

門番さんに通してもらい、来たときと同じように芝生の生え揃《そろ》った綺麗な庭に向かう。

普通だったら踏むなとか思うだろうけど、ここの芝生は踏まれたほうが強くなる種類らしい。

ヒバリとヒタキの言葉に耳を傾《かたむ》けつつ、足下にじゃれついてくる毛玉達を撫でる。

俺達が帰ってきたことを門番の人が言ってくれたおかげで、あまり待たずに執事さんが来てくれた。

もう少し遊びたそうなヒバリとヒタキ、懐《なつ》いている毛玉達には悪いけど、執事さんにリードを手渡し、一番聞きたかったこの毛玉達の品種でも聞こうか。

『珍しいことに、この子達が懐いているようで。とても心地のいい散歩だったようですね。ああ、この子達はポメラニアンの父と神喰らいフェンリルの母を持つ子供達です』

「……か、可愛ければよぉしっ！」

なんだかすごいことを聞いたような気もするけど、ヒバリの言葉に同意して冷静になろう。というか、ポメラニアンが全てを持って行った気さえする。

とても楽しそうに俺達を眺める執事さんからクエスト完了用紙をもらい、屋敷から出る。

次は草むしりのクエスト、だな。

◆　◆　◆

貴族街でのクエストを終え、俺達は３つ目のクエストである草むしりの場所を目指していた。草むしりの場所は王都の中でも特に開発が進んでいない、寂《さび》れたところにあるらしい。

あ、その前に依頼主の家に行って草むしりの依頼を受けたことを伝えたり、リグ達を喚び出すのを忘れたりしてはいけない。

「わぁ〜、おっきい草がボーボーだねっ！」

「ん、よほど放置されてると見た。いろいろするには場所は狭《せま》いし、住むには不便。致《いた》し方なし」

「んんん、そっかぁ。不便なのは大変だもんねぇ」

大した時間ではなかったけど、全身で寂しさを伝えてくるリグ達の相手をしつつ草むしりの現場へ。

大地が肥沃《ひよく》なのか背丈《せたけ》が俺と同じくらいの草も多く、２人の話を聞きながら依頼主が『全部むしれなくてもいいから』と言った理由を悟る。

だがこのまま突っ立っていても終わらないし、実はちょっとした秘策《ひさく》があるのでやる気は十分だと思う。まぁ秘策と言っても、俺達のスタミナ無尽蔵《むじんぞう》を利用したり、小桜と小麦のにゃん術で草を刈《か》ったりってところだな。根っこを気にしてはいけない。

「ええと、これがもらった大きい麻袋な。とりあえず１人５枚ずつ」

「うぃ〜っすぅ」

先ほど依頼主の家に寄った時にもらった大きい麻袋をヒバリとヒタキに渡し、俺は草原と化している土地を見渡して人がいないことを確かめる。

俺達はゲームシステムのおかげで味方の攻撃は当たらないけど、それ以外はがっつり当たってしまうので気をつけないと。寂れた土地だからいないけども。

「小桜、小麦、にゃん術の刃みたいなやつで、どんどん草を刈ってほしいんだ。いけるか？」

「「にゃっにゃん」」

(＊・ω・人・ω・＊)

俺達の準備が終わったので可愛らしくお澄《す》まし座りしている小桜と小麦に話しかけ、簡単に説明して快《こころよ》い返事をもらえた。

ちなみにリグは俺のフードの中ですやすや寝ており、メイはヒバリの近くで麻袋を持ち、どうやらやる気満々な様子。

小桜と小麦の可愛らしい一鳴きと共に、風がザワついたかと思えば一直線に俺と同じくらいの草が薙《な》ぎ倒されている。

地面を舐《な》めるような風の動きだったから、確認するまでもなく草は根元からすっぱり。

ナイスコントロール賞をあげたいくらいだ。

小桜と小麦が簡単にスパスパ草を刈るということは、俺達の草拾いが大変ということ。

そのことに気づいたのはしばらくしてからで、大分刈り込んでから気づき途方に暮《く》れた。

楽しかったからいいとは思うけど、皆して意地になっていた気もするな。

気がついたら進捗《しんちょく》状況を見に来た依頼主がポカンと見ていたし、土地の隅に大きな麻袋が積み上がっていたし、そして何より日が傾き始めていた。

なにも食べたり飲んだりせず、こんな時間まで……んん、お兄ちゃん的に大失態《だいしったい》かもしれない。

『こんなに草刈りしてもらえるなんて！　もちろん依頼は達成だ！　これが完了用紙だから！』

インベントリ持ちなら、と刈った草と麻袋の残りももらってしまった。あれ？　これ、体《てい》のいい押しつけ……いや、何かの役に立つかもしれないしいいか。

押しの強い依頼主からクエスト完了用紙ももらったし、とりあえずこれで３つ目も終わりだな。

「ギルドに行って完了報告して、今日はなにも食べてないから、どこか食べに行きたいな」

「ん、いいとこ調べておく」

「んあぁぁ～、達成感に満たされてるよぉ」

(>ェ<*)

「めめっめぇめめ」

日の傾きかけた道を歩きながら、俺達は思い思いの言葉を口にする。

今回は皆頑張ったということで、ヒタキ先生にオススメのお店を聞いておく。俺が作ってもいいけど、こういうときは外食だってへっぽこな勘が告げていた。

お店の選定はヒタキ先生に任せれば大丈夫だろうし、俺はヒバリと共に今日の功労者《こうろうしゃ》である小桜と小麦を抱き上げる。俺は片手に小桜、片手にメイだな。

ヒバリは両手で小麦を抱え、頬《ほお》ずりしている様子。リグのことは気にしてはいけない。

「すぐ報告してくるからいつものところで。知らない人に声をかけられてもついて行かないように」

「ツグ兄ぃもね！」

「おぅ任せろ」

ギルドにたどり着くと受付が混んでいたので、空《あ》いている飲食スペースで待っているように言う。その際の軽口《かるくち》は身内ならでは、って感じかな。

いつもの返しなので気にせず頷き、俺は並んでいる人数が少ない受付に並ぶ。

やはり冒険者は男性が多く、受付は女性が多いので自然の摂理《せつり》ってやつだろうか。

俺は早く終わればそれに越したことはない派、だからちょっとよく分からないけど。なので比較的早く手続きを完了し、ヒバリ達の元へ帰ることができた。

俺を待っている間、何事もなかったようで一安心。まぁギルドの中で問題を起こすようじゃ、冒険者としてやっていけないからな。

ええと、ヒタキはもうウインドウを開いていないから食べに行く場所は決まっているはず。


「ん、とても良さそうな場所を見つけた」

「ありがとヒタキ。じゃあ、行くか」

「わ～い、ごっはんごはん。おっいし～ごっはん」

ヒタキを見るととても自信に溢れた表情をしており、俺は思わず頭を撫でてしまう。そんな俺達の様子をジーッと見ていたヒバリとメイ、小桜と小麦の頭も撫で、軽く笑い合って席を立つ。

ヒタキが見つけてくれた店は、ギルドからそんなに離れていないらしい。

彼女を先頭に体感で５分歩くと、程良く賑わった店にたどり着いた。夕飯には少し早い時間だから、だな。それでもこの賑わいってことは、結構な人気《にんき》店か。

「ここは最近メキメキ腕を上げている料理ギルド、の2号店……みたいなところ。麺類《めんるい》とかピザとか、小麦粉系特化らしい。じゅるっ」

「なるほど。あ、リグ達は」

「もちもち大丈夫。ダメなら選んでない。リグ達も私達の大事な仲間。蔑《ないがし》ろにしない」

行き交う人々の邪魔にならない場所で店の外観《がいかん》を眺めつつ、話してくれるヒタキの言葉にも耳を傾ける。

スライムスターチが手に入りやすいから、やっぱり小麦粉系の料理は作りやすいんだろうな。

ふとリグ達のことが気になりヒタキに聞くと、頷いてくれたので一安心。ダメなときもあるだろうし。

「ねぇ～、早く食べに行こうよぉ～」

(>w<*)

「シュシュッシュ～」

「あぁ、はいよ。早く行こうか」

俺達のまったりとしたやり取りにじれたヒバリが俺の服の裾を引っ張り、起きたリグが顔を出し「そうだ」と言わんばかりにひと鳴き。

今の今までフードの中で身じろぎもせず寝ていたリグの参戦に少し笑いつつ、俺達は歩き出す。

入り口に着くなりエプロンを着用した店員さんが現れ、俺達の人数などを確認して席へ案内してくれる。

この流れ作業はまさしくファミレス、って感じがするんだけど……あ、席というか内装もファミレスっぽい。柔らかい雰囲気で俺的にとても好印象。

すぐに店員さんがお冷やとメニューを持ってきてくれたので、ヒバリ達は表情を輝かせてそれを開く。俺は動物用の椅子にメイと小桜、小麦を座らせる作業中だよ。

お冷やはリグ達の分もあるし、これがプロの接客というやつか。ありがたい。

３匹はとてもお行儀のいい子達ばかりでって、ちょっと親馬鹿すぎるか。でも、いい子達なのは本当だよ。

きちんと椅子にお座りできたのを確認してから、俺も椅子に座りリグを膝の上に降ろす。

「美味しそうなものがいっぱいあって、なに頼むか迷っちゃうねぇ～」

「ん、でも、今日は皆で食べられてたくさんあるやつがいいかも。お手頃な、このファミリーセットとか」

「おぉっ！　じ、じゃあ、飲み物はこれとか、食後のデザートはこれとか？」

「ん、いぐざくとりぃ」


いろいろしていたら、メニューを広げて楽しそうに話しているヒバリとヒタキの会話が聞こえてきた。

どうやら彼女達は個々の好みより、皆でわいわい食べることができるものを選ぶようだ。味の評価は事前に分かっているから、量を取ったらしい。

大きな声じゃ言えないけど、ヒバリとヒタキはよく食べるからな。たくさん食べられるのは魅力的かもしれない。

苦手《にがて》なものとか基本的にないし、注文は楽しそうに選んでいる2人に任せておこう。

「このファミリーピザお得セットひとつと、くし揚げポテト4人前、季節の野菜とキノコのサラダ3人前、ベリージャムのパンケーキ7人前、あと、ほの甘香草茶4人前で！」

俺がリグとメイの面倒を見て、ヒバリとヒタキは各々《おのおの》で小麦と小桜の面倒を見る。

とは言っても、とれない場所にある料理を取り分けてあげたら、自分で食べるから手が掛からないけど。さっそく店員さんを呼び、ヒバリが元気に注文した。

値段も考えていたよりは随分《ずいぶん》と安いけど、さすがにこれは頼み過ぎじゃないだろうか？

そんなことを考えながらヒタキを見ると、俺の視線に気づいたヒタキはテヘッとオドケた表情をしてみせる。表情を動かさないヒタキの珍しい仕草に免《めん》じて、見なかった振りで。

「美味しいものをいっぱい食べると幸せな気分になるよねぇ。料理が来るの楽しみだなぁ～」

(>w<*)
「シュッシュ～」

(*>ェ<)
「めめめぇめっめめっ」

料理を待っている間、ヒバリが楽しそうな笑顔と共に言い放つ言葉に賛同するように、リグとメイもしっかり頷いてから元気にひと鳴き。

俺としても彼女達が楽しそうだと心が和むので、どんどん色んなことをしてほしいと思っている。あ、リグやメイ達の性別は分からないから仮な。

「ん、料理来た。とても美味しそう」

「おぉぉ〜っ、食べ応えありそうだねぇ」

他愛もない会話で10分程度の時間を潰していると、店員さんが俺達の注文した料理を運んできてくれた。

大食らいがいるので料理も多く、何度も往復させ少しだけ申し訳ない気持ちに。でもまぁ、店員さん曰《いわ》く「他のプレイヤーはもっと頼みますよ」だそうで。

やっぱりカロリーを気にしなくてもいい、っていうのは魅力的なんだろうな。満腹度にかかわらず食べることもできるし、箍《たが》を外すのは当たり前か。

っとと、考えるのもこれくらいにしないと。今にも腹減らしが涎《よだれ》を垂《た》らしそうなので、皆で両手を合わせいただきます。

食べることを楽しみにしていたとしても、自分の隣にいる可愛らしい仲間のことを忘れてはいない。

ヒバリは小麦、ヒタキは小桜、俺はリグとメイの面倒を見ながら美味しそうな料理に舌鼓を打つ。

「ほほてぃーびゅっ！　あっふあっふ、んんっ、牛乳の風味《ふうみ》が損《そこ》なわれてなくて、でもチーズのうま味とか濃厚《のうこう》な味とか、みょいんみょいんの伸び具合とか、ええと、つまり、すごい美味しいっ！」

(＊´ω｀)

「にゃにゃんにゃっ」

取り分けたピザにかじり付いたヒバリが、熱さや美味しさに興奮したように話し出す。

小麦は、猫舌《ねこじた》とはなんだったのか、と聞きたくなるくらいガツガツ勢いよく食べている。

顔文字を見る限り至福《しふく》そうで何より。喉に詰まらせたりしないようにな。

「……そのままでも美味しい季節ものの野菜が、香りのいいキノコと優しい味付けでもっと美味しくなってる。どんどん食べられる。太らないからいいけど」

(・ω・＊)

「んにゃあにゃん」

素早い手さばきで静かにヒタキは食べており、小桜も小麦ほど興奮はしていないようだ。

主は俺だけど、名付け親の性格も反映されているように感じ……って、だったらメイは俺の性格が反映され、て？　いや、個性だ個性。うん。

俺とリグとメイはいつも通りリグ、メイ、俺の順で俺がポンポン口の中に食べ物を放る感じだ。

前に言ったことあるかもしれないけど、ヒバリとヒタキが小さかったときに取った杵《きね》柄《づか》ってやつ。きっと俺はわんこそばのそばを注ぐ係、上手だと思う。

「ん、ほの甘香草茶も美味しい」

「うへへへ、目玉はベリージャムのパンケーキだよ。じっくりことことジャムは煮込《にこ》まれてるけど、食感を楽しむために粒が残ってる。プロだねぇ」


しばらくしたら量の多い料理を食べ終え、食後のデザート品評会のようなものが始まる。特にヒバリが思いの丈《たけ》を垂れ流しているので適当に受け流す。俺にはリグとメイにパンケーキを食べさせる、という仕事があるからな。

そう言えば、メイもスプーンやフォークの使い方が上手くなったとしみじみ。

「楽しい時間はあっという間に過ぎちゃうもので」

(´・ω・人・ω・`)

「「にゃにゃあ～」」

「ん、これを飲み終わればあとはログアウト」


残っているものはほの甘香草茶だけとなり、余韻《よいん》を楽しむようにゆっくりと飲み干《ほ》す。

お会計は料理が来たときに払っているから気にしなくていい。

ほの甘香草茶を飲み終わり、俺達は店を出ようと立ち上がった。来たときよりお客が多くなっているので、食べ終わったらさっさと出るのが吉。

近くにいた店員さんに、メイ達の椅子を用意してくれてありがとうと伝えてから出る。

そのまま去ってもいいんだろうけど、これは俺の自己満足。

満足した気分のまま、俺達はいつもの噴水広場へ。人が少ないうちにログアウトしよう。

リグ達が少し物足りなそうな表情をしていたので、明日はたくさん遊べるからと伝え、1匹ずつ抱きしめてから【休眠】。

俺達もやり残したことや忘れていることを確認し、ログアウトボタンをポチッと押してゲームの世界から帰る。

◆
◆
◆

今日は1時間くらいかな、と思っていたけど、30分やるだけで雲雀と鶲は満足したのか。その分、明日は長めにゲームをするかもしれないけど。

いつもと同じように俺が先に起き、少しだけ遅れて雲雀と鶲が目を開ける。

「んん～、のぉびぃ～るぅ～」

起きたら俺も1番に思い切り伸びるから、その心地よさは分かるつもりだ。

お兄ちゃんの勘みたいなものだけど、今日は早く寝かしつけたほうがよさそうだな。明日のためにも彼女達のためにも、というか特に動いた日だしな。

「雲雀、鶸、入るならさっさと風呂に入って、さっさと寝たほうがいい」

「んん？　ん。分かった」


自分では疲労《ひろう》に気づいていないらしく、鶸が俺の言葉に首を傾げつつも頷く。

ヘッドセットの片づけとかは最初の約束だから2人にやらせ、それが終わればリビングから追い立てる。俺も割りと疲れているから早めに寝るかなぁ。

キッチン回りのアレコレや戸締まりなどを済ませたら俺も風呂に入り、ホカホカしながら自分の部屋へ。

寝ようとベッドに潜り込んだとき、枕元の携帯が目に入ったので手に取り確認。

あ、母さんからメールが……親父、骨は拾うからな。

母さんへ「お手柔らかに」と返信し、俺は目を閉じた。

R&M攻略掲示板

【ロリコンは】LATORI【一日にしてならず】part7

（主）＝ギルマス
（副）＝サブマス
（同）＝同盟ギルド

1:かなみん（副）
↓見守る会から転載↓
【ここは元気っ子な見習い天使ちゃんと大人しい見習い悪魔ちゃん、生産職で女顔のお兄さんを温かく見守るスレ。となります】
前スレ埋まったから立ててみた。前スレは検索で。
やって良いこと『思いの丈を叫ぶ・雑談・全力で愛でる・陰から見守る』
やって悪いこと『本人特定・過度に接触・騒ぐ・ハラスメント行為・タカリ』
紳士諸君、合言葉はハラスメント一発アウト！
ギルマスが立てられないって言ったから代理でサブマスが立ててみたよ。上記の文、大事！　絶対！
・
・
・

書き込む　全部　<前100　次100>　最新50

R&M攻略掲示板

161:夢野かなで

今日も元気に見守っちゃうぞぉ～。

162:甘党

とりあえず、勝ち抜け戦にうちのギルドから戦闘狂のガチ勢《ぜい》が出る……と。優勝商品めっちゃ珍《めずら》しい武器とか防具とかあるみたいだから頑張れ！

163:ナズナ

>>157　そうそう！　ログイン時間はマチマチだから、変態が少ないときに何かあったら、って思ってた時期が自分にもあったよ。ほら、少数ガチ勢ギルドみたいになってるし俺ら。同盟さんのおかげでもあるけど。俺は戦闘できないけど……！

164:わだつみ

はぁ、ロリの友達はロリ。はっきり分かんだね（真理）

165:黄泉の申し子

あ、今日はゲーム内の運営ギルド板にＮＰＣクエやろうずって書いてあったからそっち優先する。やらないより少しはマシだろ。

書き込む　全部　<前100　次100>　最新50

R&M攻略掲示板

166:魔法少女♂

ロリっ娘ちゃん達が来るまで闘技場行こぉ～っと☆

167:棒々鶏（副）

>>155　なwにwをwいwまwさwらw

まぁマジレスするならいいと思う。

168:中井

魔法使いが魔法使いになってしまう……。

169:焼きそば

>>162　割りとガチ勢少ないもんな俺らのギルド。変態ならワラワラいるのに。

170:神鳴り（同）

あのおっきな龍、富士山あたりの山にときたまいるらしいね。女神《めがみ》様の神殿もあるし、龍の里もあるらしいし、一回は行ってみたいなぁ。

171:餃子

>>164　当たり前だろしっかりしろ！　www

書き込む　全 部　＜前100　次100＞　最新50

R&M攻略掲示板

172:かなみん（副）

あ、ロリっ娘ちゃん達インしたよ。

173:黒うさ

>>165　自分も手伝う。今宵《こよい》の自分は善に飢《う》えている。今は朝だけど。

・

・

・

198:フラジール（同）

>>190　へぇ～。ということは、そういうことか！　なるほどなるほど。情報ありがと！

199:白桃

今日も今日とてロリっ娘ちゃん達かわいい……。依頼こなすのか。頑張れー。

200:コンパス

運搬雑用系の依頼が多いなぁ。冒険者はインベントリを持っている、って認識が広まってるんだろうけど。持ってるのは大抵プレイヤーだけど。

書き込む　全部　＜前100　次100＞　最新50

R&M攻略掲示板

201:ちゅーりっぷ

>>192　知ってるかもだけど、喉《のど》が痛いときはハチミツに漬《つ》けた大根がいいよ。というよりハチミツ舐《な》めるだけでもいいよ。お湯に溶《と》かして飲むとか。

202:もけけぴろぴろ

もっと楽にお金稼《かせ》ぎたい。欲しいものがどんどん増えてどんどん高価になっていく……。詳《くわ》しく言うならマキナ装備《そうび》一式ほちぃ。

203:iyokan

刃物系スキル一刀両断《いっとうりょうだん》を使って木を切り倒すプロの木こりとは俺のことさ！　地味に楽しい！

204:密林三昧

>>197　自分の住んでるとこもそうだぞ～。

205:ましゅ麿

ここで心を癒《いや》し現実へ還《かえ》って逝《い》く……。ふへへ。

206:ヨモギ餅（同）

>>196　やっぱ、素人《しろうと》なら鈍器《どんき》系の武器がいいと思う。当たればだけど振り回せばいいだけだし、特殊《とくしゅ》系より扱《あつか》いは楽かも？　武器選

R&M攻略掲示板

びは大変だと思うけど頑張って。

207:さろんぱ巣

ロリっ娘ちゃん達、貴族街のお使いクエするみたいだね。割りと治安とお行儀《ぎょうぎ》のいい国だから心配はないけどもぉ、絡《から》まれたらぁ、心配なのでぇ、こっそりついて行くぉ。道清掃のクエあったし。

208:かなみん（副）

>>202　ここのギルドで魔石しこたま掘って魔法都市行くといい、とか聞いたことあるよ。でもマキナ装備はべらぼうに高いからヤバい。がんば。

209:空から餡子

今日はゴブリンより野犬が多めの日。

210:かるぴ酢

びやぁぁぁあぁ薬草いっぱい自生してりゅうぅぅぅぅぅぅつ！　全部取らずに少し残しとくと２～３日でもっさり生えてくるから。

211:神鳴り（同）

>>205　還るな逝くなwwwwwwwwwww

書き込む　全部　<前100　次100>　最新50

R&M攻略掲示板

212:こずみっくZ
明日から大型イベントやるから大騒ぎだなぁ。美味しいものいっぱいあるといいなぁ。

213:プルプルンゼンゼンマン（主）
>>203　あのヘイヘイホーはお前か……！　www

・

・

・

241:氷結娘
冒険者なら割りと見逃してくれる兵士さんが見逃さなかったアカウントはこちらです。

242:プルプルンゼンゼンマン（主）
そろそろ俺達もギルドどうにかしたほうがいいよなぁ。女性陣に内装やってもらいたい。男がやったら悲惨《ひさん》なことにしかならんしな。いや、内装系の人がいるかもしれないか？　とりあえず、かなみんに投げ投げ。

243:わだつみ
>>236　ロリっ娘ちゃん達はクエストで貴族街にいるよ。歩き回ってて忙《せわ》しない感じ。

書き込む　全部　＜前100　次100＞　最新50

R&M攻略掲示板

244:こけこっこ（同）

>>232　自分アテがありますわ。えらい太い客になりそうやし、初回サービスで繋《つな》いどきます。でもまぁ泣いて崇《あが》めてもええですよ。

245:sora豆

新しいスキル覚えたり買ったりすると慣れたりするの大変。もしや歳……！

246:中井

可愛《かわい》いに可愛い足したら俺らが死屍累々《ししるいるい》になるに決まってるだろ！　萌《も》えの神様ありがとうございます！

247:iyokan

うほっ、これは鼻血案件！　見れないやつめっちゃ残念すぎる。一言で言うならざまぁ！

248:黒うさ

>>241　どんまい。君に幸あれ。

249:かなみん（副）

>>242　はいは〜い！　お任《まか》せあれ。とりあえず女性陣とセンス良さそうな人達にメッセ送るね！　もち辞退《じたい》もおｋ。同盟さんも手

R&M攻略掲示板

伝ってくれたら嬉《うれ》しいな！

250:餃子

このわちゃわちゃ加減《かげん》楽しい。情報量多くて追うの大変だけど。

251:かるぴ酢

>>244　あざっす！！！！！！！　今日は焼き鳥でも買って崇めつつ美味しく食べます！！！！！！！

252:NINJA（副）

なんだでござるか！　自分がちょっとお呼ばれしたらこれでござる！　くぅっ、一生の不覚でござるよ！

253:つだち

>>245　なんだ自分かｗｗｗ

254:もけけぴろぴろ

>>246　ＳＳは！　ＳＳはあるのかっ！

255:空から餡子

貴族街の次はどこ行くんだろ？

書き込む　全部　＜前100　次100＞　最新50

R&M攻略掲示板

256:乙葉（同）
>>249　おもとだちほしいです！

257:焼きそば
あー例の草むしり依頼かなぁ。ギルドでいつでも依頼が出てて、次の日にはもう草が生《お》い茂《しげ》ってると噂の変な土地の。おもしろびっくり土地すぎる。

258:白桃
>>249　はーい。私の趣味に染《そ》めてやるぅ！

259:パルスィ（同）
>>247　毛根が死滅《しめつ》する呪《のろ》いかけときますね！

260:棒々鶏（副）
あ〜、いろいろと浄化《じょうか》されるぅ〜。ロリコン万歳《ばんざい》。

261:ナズナ
>>242　副マスに投げるギルマス……。まぁ分からないこともないよ。かなみん副マスは社交度ガン振りだもんな。うらやまけしからん。

書き込む　全 部　<前100　次100>　最新50

R&M攻略掲示板

262:夢野かなで

わちゃわちゃ。

263:魔法少女♂

ロリっ娘ちゃん達がログアウトしたらいい時間だから自分もログアウトするずぇい☆☆★

264:NINJA（副）

あの草刈りの仕方は楽しそうでござるな。

書き込む　全 部　<前100　次100>　最新50

ロリっ娘ちゃん達がログアウトしたあとも、白熱《はくねつ》した書き込みが続いていく……。

お手柔らかにと母さんへメールの返信をしたはいいけど、それが守られることはほとんどない。

自業自得《じごうじとく》だから別に気にしたりはしないけど、悲しみの長編大作メールを送ってくるのは勘弁《かんべん》願いたい。電話や突然の帰宅よりはいいんだけど……。

◆　◆　◆

「お、れ、は、か、あ、さ、ん、の、み、かた、だ、から、と」

ベッドの中でぼんやりとしつつ、親父のメールに単文で返信してから起き上がる。

今日は日曜日だから少しくらいゆっくりしていても大丈夫。でも早めに起きるというスキルを身につけているから、そこまでゆっくりしないけど。

寝間着《ねまき》代わりの浴衣《ゆかた》から普段着に着替え、顔を洗ってテレビのついているリビングへ。

俺がゆっくりしすぎたのか、見たい番組でもあったのか、雲雀と鶲はもう起きていた。

ちょっと負けた気分。まぁ早起きはいいことだし、顔には出さず彼女達のところへ。

『今日はこのフルダイブ式ゲーム【ＲＥＡＬ＆ＭＡＫＥ】、通称Ｒ＆Ｍについてたっぷり解説していきたいと思います。解説は試作ＭＭＯ版、ＶＲα《アルファ》版、ＶＲβ《ベータ》版、そして現在、ギルド職員をしながら旅する冒険者をしております私と、開発会社の幻想物語で社長をつとめ……』

どうやらこの番組を見るため早めに起きたらしく、雲雀はまだ少し眠《ねむ》たそうな表情をしている。

「あ、つぐ兄ぃ！　おっはよぉ～！」
「つぐ兄、おはよう」

なんとなく俺もテレビを見ていたら、雲雀と鶲が元気に挨拶してくれた。うんうん、挨拶は１日の基本だからな。
元気な２人に挨拶を返し、俺は朝食を用意する。
スレンダー美人さんとダンディー社長のＲ＆Ｍ解説は気になるけど、内容はあとで聞けばいいし、何はともあれ飯だ飯って感じ？

まぁ考えると言っても、昨日の残り物と、冷蔵庫の中の物、そして俺のレパートリーを上手に組み合わせるだけなんだけど。

テレビにかじり付く雲雀と鶲の頭を軽く撫で、俺はキッチンへ向かった。早いとは言っても部活のある朝よりは遅いし、ゆっくり作るくらいでちょうどいい……と思う。

冷蔵庫を覗いていると、カウンター越しに雲雀と鶲の声が飛んでくる。


「あ、そうそうつぐ兄ぃ！　美紗ちゃん夕方すぎにこっち来たいって。いい？」

「もちろん。夕食は？」

「ん、ここで食べたいって」

「あぁ、了解」


なるほど。となると、美紗ちゃんにまた、俺特製のプリンを持ち帰らせたいところだ。

前回食べられなかった美紗ちゃんのお父さん、達喜《たつき》さんにも食べさせてあげたいし。

そうと決まればすることが多いから、手早く準備しないと。パパッと冷蔵庫の中を品定めし、朝食と昼食はいつものやつを。

夕食はそうだなぁ、チーズもあるから、中からトロッと出てくるハンバーグでいいか。

あと適当にサラダ。

夜持たせるなら今から作らないとなので、朝食とプリンを作り始める。端から見ると面白い光景になってると思うけど、気にしない方向で。

もう慣れた作業なのでテキパキこなし、プリンは冷蔵庫に入れ、俺達は朝食の席に着く。

「いっただっきま〜すっ！」

「ん、いただきます」

「あぁ、ゆっくり噛んで召《め》し上がれ」

目を輝かせた雲雀と好物に釘付けの鶲から元気ないただきますをもらい、俺は小さく笑い返した。そして自分もいただきますをし、自信作に手をつける。

出来栄《できば》えに何度か頷き、２人と話しながら食べ終える。

朝食のあと、俺はプリンの続きをやったり食器を洗ったり、雲雀と鶲はテレビを見たりパソコンをやったり据え置き機のゲームをやったり。

いろいろやっていたらすぐにお昼になり、お腹を鳴らす雲雀達に昼食を作り、またなんやかやしていたら夜になってしまう。時間の流れが早い。

雲雀と鶲曰く、そろそろ美紗ちゃんが来るらしいし、プリンもあと少しで出来上がりだし、夕飯も作り始めてるし大丈夫。

そうこうするうちに突如《とつじょ》鳴り響く玄関のチャイム。

雲雀がガバッと反応し、ウキウキした表情で玄関へ向かうので思わず声をかける。

「あっ、美紗ちゃんかな！」

「見に行くのはいいけど、ちゃんと誰が来たか確かめてから開けろよ。あと、知り合い以外だったら開けるなよ」

「ん、防犯意識は徹底《てってい》」

雲雀も話を聞いていたと思いたいが、あとから鶲が追いかけてくれたので一安心。

いくら安心安全な世の中だからって、ちゃんと自衛《じえい》もしないと。

ほら、身内贔屓《びいき》だとしても雲雀と鶲は可愛いし。お兄ちゃんは心配性なくらいでいい。

ムニムニムニムニひたすらハンバーグの種をこね回していると、玄関のほうから3人の楽しそうな声が聞こえてくる。どうやら美紗ちゃんだったらしい。

しばらく玄関先で話していたけど、そろそろ話のネタが尽きたのか、こちらに向かってくる足音が聞こえた。

雲雀と鶲はそのままリビングへ行き、美紗ちゃんは俺のいるキッチンに顔を出す。

「つぐ兄様、今日は急な訪問申し訳ございません。こちら、母の実家から大量に送られてきた海苔《のり》です。お納《おさ》めくださいませ」

「え？　あ、あぁ、ありがとう」

美紗ちゃんが抱えていた紙袋に入っているのは、彼女の申告の通り大量の海苔だった。

俺が受け取ると美紗ちゃんはリビングへ行ってしまう。つ、佃煮《つくだに》にするくらいしか……。

それはそれとして、海苔は邪魔にならない場所へ置いておき、俺は楽しそうにお喋りしている３人に言っておく。

「ハンバーグ焼き終わったら夕飯だからな！」

「は～いっ！」

妹３人が和気あいあいと話している姿は本当にほっこりするから、ずっと仲良くしてほしいものだ。

そんな彼女達のため、俺はフライパンにハンバーグの種を叩きつける。空気抜きの駄目《だめ》押《お》し。

中にチーズが入っているので割れないよう気をつけつつ、人数分のハンバーグが完成。

今日のソースはケチャップを主に使っているぞ。

あとは有り合わせの野菜で適当にサラダを作り3人に運んでもらうよう呼び、その間俺は炊《た》きたてのご飯をよそう。

もろもろの準備が終わったところで席に着いて、いただきます。

チーズ入りハンバーグに舌鼓を打ちつつ、4人で話すのはちょっとした出来事や食べたらやるゲームのこと。まぁR&Mの話のほうが多いか。

今日の闘技場大会は美紗ちゃん、すごく楽しみにしてたから仕方ない。

説明してもらったあと、俺が話をまとめる。


「簡単に言うと、俺達は人気の高い勝ち抜き対人戦ではなく、レイドPTを組み、集団の魔物と戦うデスマッチとやらに参加するのか」

「ん、大体はオークキング戦みたいな感じ。違うのは観客がいるってことだけど、勝ち抜き対人戦が1番人気だから、そんなにはいないらしい。あと、賞品はそのときになってみないと分からない」

「むふふ。お肉詰め合わせとかでもいいよねぇ」

「ふふ、もらえる物はなんでもありがたいですわ」

予習復習っぽいのもなんとなくできたし、瑠璃《るり》ちゃん達と時間を合わせてR&Mにログインすれば万事ＯＫ。

いつも通り俺が食器を水に浸けている間、雲雀達にゲームの用意をしてもらったので俺がソファーに行く頃には準備は万全だ。

自分用のクッションがある定位置に座り、ヘッドセットを被ってゲームの中へ。

◆◆◆

大型イベントのある当日で、現実では日曜日ということもあり、噴水広場は人でごった返していた。これだけ人がいると、人々の頭上にある色んなマークも、どれが誰のだか分からないな。

迷子にならないよう気をつけないと。ＰＴのマークがあっても大変そうだ。

ヒバリとヒタキ、ミィが来る間にペット４匹を喚び出しておく。


(＊>w<)

「シュ～ッ！」


３人娘が揃えば俺達の準備は大体終わりだから、次はルリ達と合流しなければいけない。

ヒタキ大先生にルリと連絡を取ってもらい、向こうから来てもらうようにする。

そのほうが楽だからな。ここ、分かりやすい場所だし。

近くにいるらしいのでまったりしながら待っていると、不意にヒバリが楽しそうに話し出す。

「皆すごく楽しそうな表情してるねぇ。もちもち、私もその中の1人だけど」

「ふふ、わたしもですわ。血湧き肉躍ります」

(＊・エ・＊)

「めめっ、めめめ」

ミィとメイが便乗《びんじょう》するけど、「楽しそう」の意味合いがちょっと違うような？　でも確かに楽しいことに変わりはないので、まぁいいかの精神でいこうと思う。

「あ、ルリちゃん達が来た」

お喋りしつつ待っていると、ヒタキがいきなり振り返った。つられて俺もその方向を見ると、勢いよく手を振りながらこちらへ向かってくるルリとシノの姿。

あ、いや、語弊《ごへい》があるか。シノは手を振ってない。通常営業のやる気のなさだ。

合流した俺達はすぐには闘技場へ向かわず、話したいことや渡したい物があるので作業場へ行くことに。

闘技場で戦うのは、時間内だったらいつでも大丈夫らしい。人気のあるやつはそうでもないらしいが、俺達には関係なかった。

作業場は混んでいるものの、いつぞやのように満室になることはないと思う。適当な部屋を選び、室内へ入って席に座った。

いつもは立ってることの多い俺も、今日ばかりは座るぞ。

ふとルリを見ると、頬を赤らめモジモジモジモジ。しばらくして、意を決したような表情で口を開いた。

「ヒ、ヒバリやヒタキから聞いたの。あの、ええと、例のブツが出来たって……」

「ぶっ」

「わっ、笑わないでよシノ！　自分でもおかしいって思ってるんだから！」

ルリの発言がツボに入ったのかシノが噴《ふ》き出し、ルリは恥ずかしそうに頬を真っ赤に染めた。

例のブツというかなんというか……まぁ、ルリに頼まれていたのはひとつしかないからな。

シノの頬を面白い表情で抓《つね》っているルリを呼び、俺はインベントリから依頼の品物を取り出した。

ルリ用の【大きなリボンがアクセントな軍服風ワンピース】と、シノ用の【シックなインバネスコート】のふたつだな。あとは適当に摘みながら食べるもの。

「ふわぁ、じ、実用性と可愛さの両立……」

「……クッキー」

ルリは軍服風ワンピースを見ると目を輝かせ、受け取ると嬉しそうな表情で頬を赤らめ抱き締めた。一方のシノは、コートではなく俺の出したクッキーに興味をそそられている様子。

ど、どちらにしても喜んでくれて、俺はすごく嬉しいよ。

「ありがとうツグミ！　い、今着るね！　今！」

「落ち着けルリ。でも、自分もアレなんで着ますわ」

「あんたは落ち着きすぎなの！　ってか、クッキー食べながらコート触ったら汚れちゃ

う！」

「自分達、リアリティは無し設定だけど」

テンポのいいルリとシノの会話を聞いていると、漫才《まんざい》を見ているような気分になるな。

そう思っているのは俺だけではないようで、ヒバリ達もクッキーを食べながら微笑ましそうにしていた。

冒険者の服の上に着るだけであら不思議、初心者っぽい出《い》で立《た》ちだった2人は一気にお洒落さんへ。

ルリは可愛いし、シノだって顔だけ見れば格好いいし、似合わないわけないか。

派手な色味もいいけど、今回のような抑えめな色も本人が引き立っていい感じ。

次の参考に……って、今度がいつあるか分からないけど。

「えへへ、可愛い子のお着替えはたまりませんなぁ～。じゅるじゅる」

「ん。特に生《なま》着替えはたまりません、な？」

「な、ぬぁに言ってんのよ2人して！」

「ふへへ、照れてますな」

ヒバリとヒタキとルリの、距離感の分かりきった会話は楽しそうで何より。そしてお喋りに余念《よねん》がなさそうに見えて、きちんと小桜と小麦にクッキーを運んだりしている。

ちなみに俺も、ちゃんとリグへわんこそばの要領《ようりょう》でクッキーをあげてるし、ミィとメイもしかり。

シノは言わずもがな、ちゃっかり1人で食べていた。

しばらくまったりと過ごしていたんだけど、突如としてミィが「はっ！」と声を上げる。

うん、俺はなんとなく気づいてたぞ。

こうして俺達はいよいよ闘技場へ出発することにした。いくら人気がないとしてもきっと並ぶだろうし、早め早めの行動がいいだろう。

「クッキーも食べ終わったし、忘れ物もないし、闘技場に行って参加するだけだね！」

「ええ、今からドキドキしておりますわ」

「めめっめめぇめっ！」

(*>ェ<)

席から立ち上がった俺達は忘れ物がないか確認し、作業場から出た。

迷子になったら大変だから、急いだり走ったりするのは無しの方向でお願いします。

それにしても、俺達の格好……割りと目立つ気がしてならない。今更だけど。

闘技場に着くと、ズラッと並ぶ冒険者達に圧倒された。

ヒタキ先生の話によれば、これは、俺達が参加しようとしている集団魔物戦の列ではないようだ。

大人気の勝ち抜き戦の列で、俺達はもっと奥へ行かないといけないらしい。

ヒタキ先生の案内で奥まったところにある受付に着くと、数組が並んでいるだけで、すぐに俺達の番が回ってきた。

インベントリに入っている券を渡し、なんの闘技に参加するのか、何人で参加するのかを伝える。

あとは細かい注意事項の説明を受け、番号が書かれた木片をもらった。

いくら人が少なくても俺達が広がっていたら邪魔なので、隅っこに避難《ひなん》して一息。

「ええと、番号が呼ばれるからこの近くにいたほうがいいかもな。それにしても、リグ達が俺の武器扱いなのは助かった」

「あはは、テイマーだからねぇ。リグ達がツグ兄ぃの手足みたいな感じだもん。自分でも戦うテイマーって滅多にいないんじゃないかな？　ま、テイマーも絶滅危惧種《ぜつめつきぐ》だけど！　にゃはははは」

「……お前だって絶滅危惧種のくせに」

ヒバリがケラケラと楽しそうに話すので、俺は苦し紛れに返す。

うん、別に間違いではないな。15歳以下のプレイヤーは少ないって言うし。

そのとき、ミィとルリの会話が聞こえてきてそちらを見る。

「ええ、こういう冒険者の多いところでは、わたし達のように弱く見える人が粋《いき》がった人に絡まれる、というのがセオリーですわ。でもここにいる皆さんは、お行儀のいい方ばかりです」

「そうね。ちょっと期待してたんだけどなぁ」

「……ちょっと物騒と違います？　この子達」

思わずと言った感じのシノの言葉が聞こえてきたけど、俺は俺でヒバリの相手中だから、シノはシノで頑張ってほしい。きっと無理だろうけど。

しばらく何気《なにげ》ない会話で時間を潰していると、「番号札何番の～」と聞こえてきたので数字を確認。あ、俺の持っている札と同じだ。

ヒバリ達に順番が来たことを告げ、できるだけ大きな声で受付に向かって返事をした。

大きな声は恥ずかしいけど、あたりが騒がしいから致し方ない。

(｀・ェ・)

「ふふ、ようやく戦えますのね。楽しみですわ」
「めめっ、めめぇめっ」

ミィとメイの楽しそうな会話を聞きつつ、係員の指示に従《したが》って通路を進む。
淡《あわ》いクリーム色がかった石の通路は代わり映《ば》えしないが、合間《あいま》合間にある窓からは試合の様子が見えた。まぁ、何をしてるのかよく分からなかったけども。
係員からもう一度諸注意などを聞いていたら、すぐに待機場所へ着いたようで、ここで待つように告げられた。
俺達も簡単に打ち合わせでもしておくか。俺は頭上のリグに話しかける。

(*>w<)

「リグ、今日も一緒に妨害《ぼうがい》よろしくな」
「シュッシシュ、シュ～ッ」

今日も今日とて、俺とリグは魔物の妨害隊長として頑張る所存《しょぞん》。
参加人数によって魔物の数が変化するのが少し心配だけど、嬉々としている4人に任せれば大丈夫だと……思いたい。

ひときわ大きな歓声にヒバリが反応し、外を指差しながら話しかけてくる。

「あ。ツグ兄ぃ、前の試合終わったみたい！」

「お、そうみたいだな」

チラッと会場を覗くと、参加者であろう冒険者達がはけていく姿が見えたので、俺は頷く。

すぐ出番！　というわけでもないだろうけど、いつでも行ける準備はしないと。

人の文字を手のひらに書いたり？　自分で言っておいてなんだが、さすがにそこまで緊張しているわけではないのでやめておいた。

少し待つと、係員が呼びに来る。

こういう注目される場所って慣れてないから、ちょっと心臓がドキドキしてるかも。気づかれない程度に深呼吸《しんこきゅう》していると、係員が話し始めた。

『先ほどもお話しした通り、これは魔物の集団戦となります。どのような武器や道具を使ってもよく、簡単に言えば勝てればよし、です。ただし命の危険がありますので、勝てそうにないと判断したらすぐに棄権《きけん》してください。すぐに救出いたします。集団戦に勝利したら係員が向かいますので、指示に従っていただけると幸いです』

説明が終わった係員は『頑張ってください』と言い残し、待機室の後ろへ下がった。

頭上にいたリグを腕で抱え、いざ進もうとした俺だが、元気な妹達が我先《われさき》に飛び出していく姿を見て転《こ》けそうになる。んん、4人は部活の大会とかで慣れっこなんだろうな。

ゆっくりとした足取りでシノが来て、俺の肩に手を置き「行きましょ」と一言。シノに慰《なぐさ》められるとは思っていなかったので、とても驚いてしまった。

気を取り直して、俺もヒバリ達を追いかける。

「……っ、うわ」

魔物集団戦の舞台に上がった俺に降り注いだのは、大きな歓声と拍手、あと少しのヤジ。あまり人気がない方式と教えられていたけど、国を挙げてのお祭り騒ぎなんだから、たくさんの人がいてもおかしくない。

妹達が堂々としているのに俺が狼狽《うろた》えていたら格好悪い。深呼吸し、魔物が放たれるであろう場所を睨みつけた。

いつも通りヒバリが魔物の集団に突っ走り、【挑発】スキルを使って引き付ける。

ミィとメイとルリは自由に魔物を倒す。

俺やリグ、ヒタキ、シノ、小桜と小麦は後ろのほうで、適当にわちゃわちゃしてればいい……などと考え事をしていたら、いつの間にかヒタキが隣にいた。

「どうした？」

「ん、さっさと倒してぱぱっと打ち上げしたい。これはツグ兄の力が大活躍」

「……あぁ、いい作戦だと思うよ」

俺の力といっても、もちろん戦闘力の話ではなく、ヒタキがシャドウハウンドをたくさん出すためのＭＰタンクとしての力だ。以前は圧倒的な戦力になったし、今回も頼りになるはず。

「ツグ兄、始まる。魔物見えたらすぐシャドウハウンド作るからＭＰよろ」

あれだけ騒がしかった観客が静かになった。

重い金属音を響かせ、俺達の真正面《ましょうめん》にある鉄格子《てつごうし》が上がっていく。

その奥に蠢《うごめ》く影を見て「うわー、結構多いなぁ」と呟くヒバリ。

とはいえ、そう深刻《しんこく》でもなさそうだ。ヒタキも言い方が軽いし、そもそも難易度《なんいど》は5段階の下から2番目を選んだからね。

やがて「たまらねぇぜひゃっはー」とでも言いたげな、小型の魔物がゾロゾロ出てくる。その後ろから中型の魔物、そしてゆったりした動作で出てきたのはオークキング……って、どこかで見たことあるやつばっかりだな。


「あ、ヒバリが突っ込んで行った。俺達も動くか」

「ん、雑魚《ざこ》散らしのためにもMPおくれ」

「おぅ、持ってけ持ってけ」


ちょっと遠い目をしている間に、ヒバリが魔物の群《む》れへ突っ込んで行ったので俺達も動く。割りと楽しそうなヒタキが片手をこちらに向けた。

俺はそれに自分の手を重ね、スキル【魔力譲渡《じょうと》】を発動。全部持って行かれるかと思ったけど、半分程度ですんでよかった。

(｀・w・)b
「さてリグ、俺達も始めようか」
「シュッシュ～」

「やる気満々で嬉しいよ。あっちのほうが手薄だから、リグの糸で簀巻きにしてやろうな」

(＊>w<)

「シュ〜、シュシュッシュ」

リグを腕に抱き、俺は一応スキル【戦わず】を宣言して動き出す。

リグの糸で簀巻きにしておけば処理が楽だし、魔物の数も減って、ヒバリ達も少しは戦いやすくなるだろうからな。

真ん中のあたりでは、大暴れしてる3人と1匹が……まぁいいか。

たくさんの人が俺達の戦いを観戦していることなどすっぱり忘れ、俺とリグは、暴《あば》れ回るヒバリ達に気を取られた魔物を簀巻きにしていく。

ついでにリグの毒牙《どくが》をぶすっと刺せば、小型の弱い魔物は勝手に消えていった。

なんでこれまでこの方法に気づかなかったんだ、とちょっぴり反省。

シノはオークキングの顔面に魔力矢を当てていた。目が合うと、こちらへゆっくり歩いてくる。

俺は察せる男なのでＭＰをシノに分け与え、インベントリからＭＰポーションを取り出して飲んでおく。一応まだ分けることがあるかもしれないし。

「小型の魔物はまだまだいっぱいいるし、糸で大きい網《あみ》を作って投《と》網漁《あみりょう》でもしようか」

(｀・w・´)
「シュシュ、シュ～ッ」

中型の魔物はヒバリ達の奮闘《ふんとう》により、かなり数を減らしている。あとは小型の魔物が大多数と、ボスっぽいオークキング。

時間が経つにつれ、ヒバリ達はボスに攻撃を集中できるから、後半になると一気に終わるんだよなぁ。ほら、俺達って攻撃過剰だし。

それに拍車《はくしゃ》をかけようぜ、ってことで、こっそり移動して投網。

スキルとヒバリ達大暴れのおかげで気づかれることもなく、大漁大漁。

ちょうど近くにいる小桜と小麦のにゃん術でどうにかしてもらおう。

「小桜、小麦、この簀巻きになってる魔物を倒してもらってもいいか？」

(＊>ω<)
「にゃにゃっ」

(>ω<＊)
「にゃんにゃ～」

リグの糸で捕まえた魔物から少し離れ、小桜と小麦を呼んだ。

俺の提案に2匹はすぐ頷き、魔物に近寄ると、いつものようににゃんにゃん言いながら不可視《ふかし》の刃を放った。

さっきまでヒバリ達の周りに魔物が密集《みっしゅう》していたので、暇《ひま》を持て余していたのかも。

とても強い風で会場の砂が一気に巻き上げられ、ちょっとした惨事《さんじ》に。主にＮＰＣの目に入ったりかな。俺達はリアリティ設定が無しだから大丈夫だけど。

「ま、まぁ、魔物は一掃《いっそう》できたからいいということで。ありがとう、小桜に小麦」

あたりにゴロゴロ転がっていた魔物がいなくなったので、俺は自慢げにこちらを見てくる小桜と小麦の頭を、よしよしと軽く撫でた。やってもらったら、感謝は当たり前だからな。

というか、ヒバリ達のほうは今はどうなってるんだろう？

そう思って中央を見ると、小型の魔物はほとんどいなくなり、ボスであるオークキングとヒバリとが対峙《たいじ》していた。

「……あ、時間の問題か」

「シュシュ～」


（；・ｗ・）

オークキングは、このままやられるわけには、という風に激しく武器を振り回すけど、ヤケクソ気味になっている。

俺達の人数が多いので、敵の魔物も多かったんだけど、やっぱり攻撃力が過剰だな。

とても楽しそうにオークキングと戦っているヒバリ達も、そろそろオークキングのＨＰが風前《ふうぜん》の灯火《ともしび》だと気づき攻撃を強める。

なんかオークキングが輝き始めたけど、最後まで見ずに倒してしまった。

オークキングが光の粒となり消えると、騒がしかった会場が一瞬静まり、数拍後、割れんばかりの拍手と歓声が巻き起こった。

これはちょっと嬉しいな。

戦闘が終わったら係員が来るので待機、と聞いていたので、中央にいたヒバリ達が俺のほうへやって来た。


「いやー、戦った戦ったぁ」

「ふふ、とても楽しかったですわね」

(＊＞ェ＜)

「めめっ、めめめめっ！」

「ええ、こういうのもたまには悪くないわ。ストレス発散にもなるし」

いつも思っていることだけど、お前達は日頃どんなストレスと戦っているんだ。

少しすると、係員らしき人が走ってくるのが見え、俺達もゆっくりそちらへ向かう。

俺達が案内されたのは、前の組の冒険者達も入っていった部屋で、そこで待っていたのはどこかで見たことのある新井《あらい》式回転抽選器《ちゅうせんき》だった。

まぁ便利だからいいけど、ちょっとずっこけそうになるよな。ヒバリは噴き出してるし。

『魔物との戦いに勝利した冒険者の方々には、こちらの抽選器で賞品を決めていただきます。昔は自動で決めていたのですが、これのほうが不公平ではない……とのことで』

「は、はぁ、そうですか」

『出てくるものは全て冒険者の方々に有用な品ですので、ひと思いにガラッと回してください』

誰も回そうとせず、抽選器の前にいるのは俺。意を決した俺は、係員に言われるままガラッと抽選器を回した。

何が出ても文句言うなよ、と心の中で思いながら、出てきた玉を見ると艶《つや》のある黒。

『おっ』

「お？」

『大当たりですよ！　大当たり！　最近は勝ち抜き対人戦に目玉商品を持っていかれてた

んですけど、数ある大当たりの中のひとつです！　おめでとうございます！　いやぁ、自分も嬉しくなってきちゃいます！』

「は、はぁ、ありがとうございます」

『では品物をお持ちいたしますので、ソファーにお掛けになってお待ちください』

よく分からないけど、興奮気味に話す係員に適当な返事をしつつ、フカフカのソファーに腰掛ける俺達6人。

もちろんリグ達はそれぞれの膝の上。さすがにそこまで大きいソファーじゃない。

まだ興奮の収まらないヒバリがそわそわしていたり、シノが俺のお菓子をインベントリから出して食べ始めたりしてるけど……俺は元気です。

しばらくすると、係員が小さな箱を持ってきたので姿勢を正《ただ》す。

とても楽しそうな係員は、箱の蓋《ふた》を開け、中身を見せてくれた。その中には色とりどりの小さなガラス玉のようなものが入っている。

ドヤッとした表情を崩《くず》さない係員。

コソッとアイテム説明文を見ると、なんと魔石だった。おぉ、これはすごくありがたい。

【箱に詰められた色とりどりの魔石】

小粒《こつぶ》ながらもしっかりと魔力のある魔石が、それなりの数詰められている。中身は魔物からドロップする魔石、魔力の濃《こ》い場所で採掘《さいくつ》される魔石、魔力の高い者が生み出す魔石と様々。

「わぁ、魔石だ～！」
『はい！　こちら、小粒ながらもしっかりと魔力が込められてる、正真正銘《しょうしんしょうめい》の魔石です！　魔力の補給源《ほきゅうげん》、武具に付与《ふよ》する触媒《しょくばい》、資金源などなど様々な面で活躍すること間違いなしです。どうぞどうぞ！』

表情を輝かせ箱を覗き込むヒバリに対し、頬を上気《じょうき》させ、どんどん鼻息を荒くする係員。もう1人係員がいるので、どうしようもなくなったら止めてくれる、と思いたい。苦笑してるから、いつものことかもしれないけど。
悪い人ではないんだろうけど、キャラが濃いとはこういうことか……。

「あ、ありがとうございます。大切に使わせていただきます」

変態になりかけている係員から魔石の入った箱を受け取り、インベントリにしまい込む。受け取るものも受け取ったし、いつまでもここにいるわけにはいかない。

帰ろうとする俺達を、丁寧な挨拶で見送ってくれる係員2人。

『では、この通路を真っ直《ます》ぐ進んでいただくと、建物の出口に着きます。この度は闘技場へのご参加、誠にありがとうございました。よろしければまた来年、ご参加いただけると幸いです』

「あはは、機会があれば」

『お気をつけて』

本当に通路は出口まで一本道のようで、しばらく歩いていると、それまで静かだったのが嘘《うそ》みたいに騒々《そうぞう》しくなってきた。

「ん、ちょっぴり見られてる。けど、興味なさそう。む、私達、強いのに……」

「注目されないに越したことないよ、ひぃちゃん」

「ん」

外に出た途端、たくさんの人からジロジロ見られたけど、すぐに興味を失われたご様子。

まぁ俺達は強そうに見えないし、出待《でま》ちされるほどの人気なんてないからな。というか、あったら困るし。

ちょっぴり落ち込んだヒタキのことはヒバリに任せ、俺は落ち着ける場所を探すため、周りを見渡した。

どこもかしこも人だらけだ。遠目《とおめ》に見知った人を見つけた気もしたけど、よく分からない。

これだけ混んでいたら、妹達を連れて行くのはさすがに……いったんここから離れたほうが得策《とくさく》だと思い、俺達は闘技場をあとにした。

闘技場の戦いはこれからも見るチャンスがあるし、そもそも妹達は出店《でみせ》のほうが好きなのだ。

人通りの少ない道を選んで、いつもより時間をかけて、噴水広場のベンチへ向かう俺達。

メイや小桜、小麦は抱き上げて歩いているので、たぶん迷子にはならない……と思いたい。

ベンチで落ち着いたら何しようかな。そんなことを考えながら歩いていると、酒やけの激しいハスキーボイスに呼び止められた。

『ねぇお兄さん達ぃ、アタシの店に寄ってかなぁい？　闘技場で戦ってた子達よねぇん？　ほらぁ、勝利の宴《うたげ》ってやつよぉ。団体さんだしぃ安くしとくわぁ』

「勝利の宴!?」

「ん、ちょっとその話詳しく」

勝利の宴という言葉にヒバリ達が立ち止まってしまい、聞かなかった振りをして立ち去ることがもうできなくなってしまった。

ねっとりした喋り方だけど、嫌味《いやみ》な感じはないので警戒《けいかい》はしなくても良いか。

意を決して振り向くと、たくましい筋肉の上に、さり気《げ》なくフリルやレースの仕込まれた給仕服を着込む青年がいた。

あ、以前会ったいっちゃんと同じ、おネエ系の方でしたか、そうですか。声でなんとなく予想はついておりました。

人好きのする笑顔に毒気を抜かれ、俺も、いいかもしれないと思う。

そしていつの間にか、シノすらこのおに……お姉さん？　の巧《たく》みな話術にハマってしまい、勝利の宴賛成派となり……って、やっぱりお菓子に釣《つ》られたのか。

まぁベンチに行って話し込んだら、どこかで勝利の宴をやろうって話にきっとなっただろうし、場所を探す手間が省けたと思えばいいか。

『うふふ、今はお祭り騒ぎでお客さまが少ないけど、結構話題のお店なのよぉ。料理は絶《ぜっ》品《ぴん》よぉ』

手応《てごた》えを感じているのか、俺が財布《さいふ》の紐《ひも》を握っていると察しているのか、彼……彼女？のセールストークはとどまることをしらない。

ヒバリ達のキラキラした目が次第にキツくなってきたので、俺は店に案内してもらうよう頼むことにした。

「で、では案内頼みます」

『そうこなくっちゃぁ～。団体さまごあんなぁ～い！　申し訳ないけどちょっぴり歩くわよぉ』

俺の言葉を聞いた彼女がパァッと表情を輝かせ、よく通る明るい声で話しながら歩き出した。

というか、声が大きすぎると思う。人の少ない通りだからまだいいけど。

あ、いや、店の宣伝にもなる……のか？　んんん、難しい問題だ。

案内された店はひとつ先の通りで、こちらも人通りが少ない。

国を挙げてのお祭りは政《まつりごと》としても重要だろうし、これくらい人が集まらないと、成功と言えないのかもしれないな。

さて、この話は置いておいて、変な店だったら逃げる準備を……。

『今帰ったわぁ〜。団体さま連れてきたわよぉ。アナタ達は、奥のひろぉい席に案内するわね』

使いやすさと清潔《せいけつ》さを売りにしています！　というのが一目で分かる好印象なお店で、彼女の言っている通りお客は少ないかも。

今いるお客はＮＰＣ多めのプレイヤー数人、ってところか。

すぐ席に通してくれたりとテキパキ動く姿を見て、彼女はプロなのだと納得する俺。

許可を取ってからメイや小桜、小麦の足を拭き、椅子の上に。リグは俺の膝上だからいいとして、次は俺達が席に着いて落ち着く番だな。

人数分渡されたメニューをヒバリ達が楽しそうに眺めている。

何を頼むかはヒバリ達に任せることにして、今出された水を飲んだ。

「大人数向けの料理を頼みつつ、自分で食べたいのも頼む、ってのがいいかも？」

「ん、多くても大丈夫だから多めに頼むと吉」

「そうですわね。たくさん頼んでしまっても、いっぱい食べる方がおりますもの。わたしも含めて」

和気あいあいといった感じで、メニューの選定に入るヒバリ、ヒタキ、ミィの３人。メイや小桜、小麦もいつの間にか参加し、わいわい楽しそうだな、うん。

リグはそこまでがっついておらず、どうやら俺の料理のほうがいいらしい。う、嬉しい……。

ルリ達は……と視線を向けると、シノがメニューをルリに見せ、のんびりした口調で話しかけているところだった。

「でらっくすじゃんぼとくもりとろぴかるふるーつぱふぇ、食べたいんですけど」

「……うげ、えげつない金額。シノ、止めはしないけど、ここの会計は半分以上払わないとダメよ」

「それくらいでいいなら頼みますわ」

「ならいいけど」

ルリが思わず呻《うめ》いてしまうほどの値段なのか。手元にあるメニューを見ると、本当にえげつない金額だった。

いやまぁ、物価が高いとか新鮮なものは高いとか、新しい技術を用《もち》いた料理だとか、それを考慮《こうりょ》すればこれくらいなんだろうけどな。

俺も適当に、軽く摘める食べ物を頼もうとメニューを眺め、暇そうにしていた例の彼女を呼ぶ。

「ええと、このパーティセットふたつと、フライドポテト3つ、かご盛り甘辛《あまから》から揚げふたつ、季節の野菜サラダひとつ、2種類のチーズピザを5つ、かご盛りパンセットひとつ、ジャガイモのごろっとスープ8つ、香草茶8つ、あとは……」

「でらっくすじゃんぼとくもりとろぴかるふるーつぱふぇ、です」

素早く聞きにきてくれた彼女に、ヒバリ達にメニューを指差してもらいながら注文した。

大所帯《おおじょたい》になってきたし、皆すごく食べるから頼む量も凄まじい。たくさん頼むから彼女はニコニコ嬉しそうだった。

俺はシノが楽しみにしていたパフェを頼み忘れてしまったが、本人からコソッと耳打ちされ、無事に注文することができた。

あとは俺達用のデザートを適当に決め、待つこと数分。

並々ならぬ速さで、最初の一品目であるパーティセットが届いた。

聞いてみたら初動《しょどう》が大事、って信念でやっているらしく、最初の料理はとにかく早く出すという。

すると次に、俺達の頼んでいない小鉢《こばち》が運ばれてきた。

「……あれ、これって」

『うふ、あちらのお客様からよぉ。アナタ達が戦ってるトコ見てたんですってぇ。おひねりみたいなものよ、ありがたくいただいてちょうだいな』

彼女は控えめに笑いながら、手のひら全体でとある客を示す。

そこには、まだまだ陽《ひ》は高いというのに赤ら顔でお酒を飲んでいるおじさん達がおり、まるで孫を見るような表情で手を振ってくれた。

孫力《まごりょく》の高いヒバリがいち早く嬉しそうに声を張り、満面の笑顔で手を振った。

「わぁ～！　嬉しい～！　ありがとぉおじさま達～！」

「料理ありがとうございます」

俺もおじさん達に軽く頭を下げ、料理を取り分ける。

俺の妹は可愛いよなぁ、分かる、分かるぞおじさん達。デレッとしちゃうのも頷ける。


「皆の分の小皿並べて、割り切れないのは適当に入れて……」

「ん、料理の受け取りは私がやる」

「香草茶ならわたしにお任せくださいませ」

「ありがとう、助かるよ」


ヒタキが流れ作業のように運ばれてくる料理を受け取って並べ、ミィがティーポットの香草茶を入れて並べてくれた。役割分担もなんとなくできているな。

ルリが借りてきた猫みたいになっているけど、大人しい彼女は珍しいのでこのままで。


フライドポテトや甘辛から揚げは外はカリッ、中はフワッとしており、下味《したあじ》もきちんとついていてとても美味しい。サラダも野菜は収穫したばかりらしく、新鮮で瑞々《みずみず》しく当たり前ながら美味しかった。

客引きをしないといけない店の味ではないんだけど、暇だからやっていたのかな……と勝手に納得。

「思いっきり戦えたし、ツグ兄ぃのおかげで戦利品もいいのもらえたし、勝利の宴は楽しいし、本当さいっこ～だね！」

「ん、願ったり叶《かな》ったり万々歳《ばんばんざい》」

「ふふ、こんなに楽しい戦いをしてしまったら、普段の戦いでは物足りなくなってしまいそうですわ」

「めめっ、めぇめめっ」

(＊＞ェ＜)


盛り上がるヒバリ達の会話を聞きながら、俺はいつものように、リグの口へ料理を運んでは自分の口にも放る。

別に食べなくてもいいけど、そうなったらリグが可哀想だし、たまには他人の作った料理を食べて味の研究もしないとってな。

やがて俺の視界の端に、ものすごく大変そうな様子で……ええと、デラックスジャンボ特盛りトロピカルフルーツパフェ？　を運ぶ彼女の姿が見えた。

すぐ気づいたルリがシノを促し、シノは素直に受け取りにいく。

やっぱりこういうものも、ステータスの値が高ければ高いほど、簡単に持てるんだろうか？

まぁ持てなくても、最悪インベントリにしまっちゃえばいいからな。

ポテトをリグと分け合いながら食べていると、すでに頼んだ料理が出そろっていることに気づく。量がハンパないのに早いな。

すると給仕の彼女が俺の側に来て問いかけてきた。


『お料理がきてないとか、問題があるとかないかしらん？　大丈夫？』

「あ、はい。大丈夫です。とても美味しくいただいてます」

『うっふ、ならよかったわ。ごゆっくりぃ～』

「はい、ありがとうございます」


彼女は嬉しそうに笑って去っていった。

最初は強引な客引きかと思ったけど、こちらが食いつきそうなネタを提示して、店に入ったら必要以上に話さずあっさりと……これが接客のプロってやつか。おみそれしました。


(・w・?)

「シュ～？　シュシュッシュ～？」

「ん？　なんでもないよ。このから揚げ食べるか」

(＊>w<＊)

「シュッ！　シュシュ～」


俺の動きが止まったのでリグが心配そうに鳴き声を上げた。

俺はリグの背中を撫でて、から揚げに箸を伸ばす。

甘辛から揚げは濃いめの味付けがされているので、そのままでもいいけどパンに挟んで食べるとすごく美味しいんだ。

ついでにサラダも挟めば完璧《かんぺき》ってやつ。うん、うまい。

ヒバリ達は女子トークをしているから、お兄ちゃんである俺は会話に入っちゃいけないと悟っているよ。長年の勘で。

だからと言ってはなんだけど、1人で黙々と……デラックスジャンボ特盛りトロピカルフルーツパフェ、言いづらいから、パフェを食べているシノを見た。


「……あ、いります？」

「……いや、いらない」

「そですか」

「……ちなみにそれ、1人で食べ切る自信あるのか？」

「まぁ、余裕ですわ。現実なら腹空《す》かせないとですけど。満足感はあっても満腹感はないですからね、ゲームですし」

シノは口数が多いほうではないし、俺も率先《そっせん》して喋るほうではないから、こんな会話になってしまう。俺達の周りには、楽しくお喋りしてくれる人達が多いもんな。それに、気まずい雰囲気ではないから大丈夫。

しばらく皿に盛られた料理をリグと分け合って食べていたら、もじもじとメニューを指差しながらヒバリが声をかけてきた。

「ツグ兄ぃ、このフルーツケーキ頼んでいい？」

「ん？　おぅ」

いいぞいいぞ、と頷くと、ヒタキもついでとばかりに続いた。

「ツグ兄、追加の料理頼んでいい？」

「あぁ、もちろん。食べられるなら頼みな」

勝利の宴だからな。皆に楽しんでほしいお兄ちゃん心だ。

「ツグ兄様、追加で魔物倒しに行きませんか？」

「あ？　え？　ん？　もう1回言ってくれるか？」

「うふふ」

言われることにホイホイ頷いていたら、ミィの言葉に引っかかりそうになった。聞き直すと、笑って誤魔化されてしまう。

いや、なんて言ったのか分かってるけどさ……。

時間あるから別に行っても構わないけど、行くならやっぱりオークキングのところか。

優雅にお茶を飲むミィの姿を見つつ、経験値も美味しいって言ってたし……と考える。

もうね、お兄ちゃん的には、無茶苦茶な要求じゃない限り全部叶えてあげたい！　って思っちゃうわけだよ。その内ホイホイ頷くな、とか言われそうだ。

追加注文にとても機嫌が良くなった給仕の彼女を見送りつつ、改めて店内を見渡すと、入ってきたころより客席が埋《う》まっていた。

人気のある店みたいだし、食べ終わったら早めに出て席を空《あ》けてあげないとな。

「食べ終わったら楽しいところに遊び行くかぁ」

(・w・?)

「シュ〜？」

「はは、なんでもないよ。ほらあーん」

(*>w<)

「シュ！　シュ〜ッシュ」


相変わらずとてつもない速さで出てくる追加の料理を口に運びながら、俺がぽつりと呟くと、一緒に料理を食べていたリグが首を傾げた。

その可愛さに口元を緩《ゆる》めながら、別の料理をリグの口へ運ぶ。

ぱくっと食いつく姿に心の中で拍手した。やっぱり可愛い。

あんなに頼んだ料理も残り少なくなって、シノもパフェを食べ終わり、残った料理を摘んでいる。

ヒバリとヒタキが俺の側に寄ってきた。何かと思えば、どうやらこれからのことについて相談したいらしい。


「ねぇねぇツグ兄ぃ、このあとどうする？　出てる屋台とか露店《ろてん》とか見たいなぁ、って」

「ん、あと戦利品分配もしたほうがいい」

「あ、その前にギルド寄っておきたい」

「む？　ツグ兄ぃがギルドに用事って珍しいね」

アレもコレもいいけど、心に決めていた意見を言うと、ヒバリに驚かれた。

まぁ確かに、これまでは誰かに誘われなきゃ行こうと思わない場所だったからな。今回もミィに言われないと、思いつきもしなかったし。

頼んだ全ての料理を綺麗に平《たい》らげたのを確認し、俺はお勘定《かんじょう》のため、給仕の彼女を呼んだ。いちいち支払いに並ぶ必要がないから、その点もいいよなぁ。

もう出て行っちゃうのねぇ、と悲しむ彼女に、また食べに来ると約束した。

支払いを終えた俺は素早く店から出て、リグを頭に乗せて先頭に立ち、気持ち足早にギルドへ向かう。


「あ、ツグミ、お金！　私達の分、は、払うから！」

「ははは」

「ははは、ってなに！　ちょ、ちょっと！」

「あっははあはあは」

「ちょっ、ちょっと、シノ！　あれ？　シノ！」


すぐ支払いについて気づいたルリがあとを走って追いかけてきたけど、彼女からお金を受け取る気のない俺は誤魔化しながら歩く。

ルリがシノに助けを求めようとしているんだけど、彼は1番後ろを歩いているからそれは無理。あはははは。

皆にギルドに行くってことは伝えてあるし、迷子になったらギルド集合、ってことも言ってあるから、俺が先頭を歩いても大丈夫だと思いたい。

それでも必死に俺のあとを追いかけてきたルリとは、最終的に、闘技場の商品の分配に際して、俺が3個ほど多く魔石をもらうということで話がついた。

ほら、あまりからかうと、さすがに良心が痛むからな。悪いことはしていないはずなんだけど。たぶん。

ギルドに着いてクエストボードの前に立つと、すかさずミィが俺の側に寄ってきて、嬉しそうに顔を綻ばせた。


「まぁまぁ、あらあら、ツグ兄様、先ほどわたしが言ったことを聞いてくださったのですね！」

「うん、まぁね。時間はまだまだある……とは言っても、ちょっとした討伐のほうがいいかもな」

「ありがとうございます、ツグ兄様。選ぶのは、ぜひともわたしにお任せくださいませ」

「あ、あぁ、任せるよ」

どのクエストにしたらいいか迷っていたんだけど、ミィが積極的なので、苦笑しつつ任せることに。妥協《だきょう》しないのはいいことだと思う。

ミィはヒバリやヒタキ、ルリと一緒に選んでいるので俺は側を離れ、飲食スペースの一角に腰を下ろした。

メイはクエスト選びが楽しそうだからいいとして、小桜と小麦は暇そうだから俺と一緒。リグはもちろん俺の頭上でリラックス中。

「……あぁなったらしばらく帰ってこな……って、まだ食べるのか」

ふと気配を感じたので振り向くと、両手に食べ物を持ったシノが器用に足を使って椅子に座った。

「まぁ。どっかの誰かさんが気前よく奢《おご》ってくれたんで、個人のお小遣いが残ってますんで。だったら食べようかな、と思いまして」

「お、おぅ……」

行儀が悪くて怒るのは妹達がいるときだけ。ズボラそうなシノだって、ルリがいるときはちゃんとお兄ちゃんしてるし。

どんどんシノの口の中へ料理が消えるのを見つつ、ヒバリ達に視線を向けると、どうやらクエストが決まったらしい。

握り潰さないよう慎重に剥がし、ヒバリが俺に向かって用紙を高く掲げた。すごい注目されるからやめてほしいなぁ。

あ、でも今日はそんなに注目されてない気もする。闘技場大会のおかげかな。

手でクイクイ合図をしてヒバリ達を呼び、クエスト用紙を渡してもらう。

「ええと、薬草採取？　あれ？　討伐じゃないのか？」

渡されたクエスト用紙をチラッと見ると、彼女達があまり選びそうにないクエストだったので、俺は首を捻ってしまう。俺の予想は、割りと強い敵の討伐だったんだけど。

その反応はお見通しだ！　と言わんばかりのミィが、ニッコリ笑顔で教えてくれる。

「ええ。初心に返ると言いますか、大会中は薬草を割高《わりだか》で引き取ってくれますし、下にもう1枚ありますわ。そちらは割安の魔物討伐です」

「……なるほど。採取しつつ寄ってきた魔物を倒す、ってことか」

「はい！」

俺の読みはあながち間違ってないかもしれない。そんなことを思いつつ、採取クエストの下にあった討伐クエストの用紙を眺める。

それはそれは輝かしい笑顔のミィ達を横目に、俺は立ち上がって受付へ。

薬草の採取と周辺魔物の討伐はどちらもFランクのクエストなので、受付では気をつけてくださいと、一言もらうだけだった。

すぐに妹達の元へ戻り、楽しそうにピョンピョンし始めたメイを思わず抱き上げる。おぉ、魅惑《みわく》のモコモコ毛並み。

「よぉ〜し、採《と》るし倒すぞ〜！」

「おー」

控えめの声量でヒバリがやる気を見せると、気の抜けた声でヒタキが応じた。いや、この表情はヒタキも楽しんでるな。本人はめっちゃ無表情だけど。分かる、お兄ちゃんには分かるぞ。

「……とりあえず、森の近くに行かないと始まらないな」

遊ぶのはそこまでにして、俺達はギルドを出た。

お祭り騒ぎの王都は人で溢れている。迷子にならないよう気をつけるだけでも大変で、いつもの何十倍もの時間をかけて、ようやく王都から出ることができた。

舗装路《ほそうろ》も人で溢れていたけど、少し道を逸れたらいつもの光景になった。

やっと人の少ない場所に来られてホッと深呼吸し、薬草の採取のため茂《しげ》みに向かう。

もちろん魔物討伐もするぞ。

いつも通り先頭を歩いていたヒタキがピタリと止まり、後ろにいたヒバリに話しかける。

「ん、茂みからゴブリン4匹と野犬5匹。んんん、この石投げるから、飛び出してきたらお願い」

「は～い！　魔物を引きつけるのは私の仕事だからね。それに、バリバリ働いてお金貯めるんだもん」

「ん、バリバリ働く。任せて」

ヒバリが元気よく返事をして、俺は少しばかり懐かしくなった。貯めるってやっぱり、ギルド結成のためだよな。

自由に出入りできるルームってのが魅力的だよなぁ。今ならほら、魔石がいっぱい入った箱もあるし。

まぁこの件はあとで皆で話し合えばいいか。今は魔物に集中しよう。

大事な場面を見てませんでした、ではお兄ちゃんの株が大暴落《だいぼうらく》してしまうからな。

ヒタキが「よっ」と声を発し、拾った石を魔物がいるであろう茂みに投げた。

ステータス補正《ほせい》やスキル補正があるのか、石はヒュンッと力強く風を切り、痛そうな音が鳴った。

するとまず1匹の魔物が現れ、続けて8匹ほどが飛び出してきた。

「よぉし、鴨《かも》がネギ背負《しょ》ってきた！　うひひ、スキル【挑発Ⅱ】だよ！」

【挑発】スキルが進化したみたいで、効果範囲が増えたり注目度が上がったり。使い込むともっと盾役になれる！　って言っていたっけ。

ヒバリ渾身《こんしん》の【挑発】スキルのおかげで、戦えない俺は安全に……安全に、草をむしることができるよ。

ヒバリとヒタキ、ミィとメイ、小桜と小麦に、保険としてシノもいるんだから、たった10匹弱の魔物に後《おく》れを取るはずなんてないんだよなぁ。

俺が次にテイムするは補助系、ってフラグを立てておこう。だって、物理で殴《なぐ》るのが好きなメンバーが多すぎだろ。皆かわいいけど。シノ以外な。

「薬草、ハーブ、雑草、雑草、薬草、雑草、薬草、雑草、雑草、雑草、雑草、雑草、ハーブ、ざっ……雑草」

なんだこの採取ポイント。葉っぱの形とか説明文とかを見ているのに、実際に引っこ抜いたら雑草だらけ。ゲームの不具合《ふぐあい》なのか、これが普通なのか、単に俺がハズレを引きまくっているのか。

新井式回転抽選器で良いものを当てたから、その反動だろうか？

俺が途方に暮れていたら、リグが気遣わしげに鳴いてくれた。

(´・w・`)

「シュ～」

「はは、ありがとうリグ。こんな日もあるさ」

(＊＞w＜)

「シュッシュ～ッ」

「よし、今度こそいっぱい薬草採るぞ」

ありがとうの気持ちを込めてリグの背を軽く撫で、もう一度草むしりをするために茂みと向き合う。ヒバリ達とは離れていないし、はぐれるハメにはならないはず。たぶん。

それから俺は、頑張って引っこ抜き続けたんだけど、薬草にフられてばかり。

そんな悲しい現実から目を逸らすようにヒバリ達を見ると、今にも終わりそうな雰囲気だった。敵の増援《ぞうえん》は来ないと思うし、このままなら3分後には合流することになるだろう。

「それにしても、本当に戦うのが好きみたいだな」

(・w・?)

「シュ～」

思わず呟いた言葉にリグが首を傾げたので、俺はその背中を軽く撫でた。まぁ戦うのが好きなんじゃなくて、皆で一緒に何かするのが楽しいのかもしれない。

あぁでも、戦いたくて仕方ない子もいるか。

それはそれ、これはこれってことで気にしないようにしとく。

もうひとむしりして、またも見慣れた雑草とご対面し遠い目をしていたら、その間に戦闘が終わったらしく、両脇に小桜と小麦を抱えたヒバリが問いかけてきた。

「ツグ兄ぃ、薬草採取は順調かにゃ～？」

なんで両脇に小桜と小麦を抱えているのかはこの際いいとして、今その質問は、すごい心をえぐられる……正直に答えるけど。

「……順調じゃないです」

「おぅふ、ツグ兄ぃでもこうなるときあるんだね」

「一体、俺をなんだと思ってるんだ。雑草ばっかりで全然薬草が採れない。これはもう俺のインベントリにある薬草を出すしかないな」

「むぁ～、そっかぁ」

ヒバリも小桜も小麦も、俺の言葉にしょぼんとしたけど、そのあと笑顔に戻ったので万事ＯＫ。

一応俺のインベントリには、ポーションを作ったあまりとか、こっそり採取してた薬草がある。

鮮度《せんど》も採取地も、たぶん気にしなくていいと思う。

あぁでも薬草のアテがあるからと言って、まだ王都には帰らないよ。まだまだ戦い足りないって２人と１匹が言いそうだし、採取できるのは薬草だけじゃないからね。

ほぼ散歩と化しているけど、俺達の外活動は終わらない。


「ツグ兄、ヒバリちゃん、あっちに集団で戦ってる魔物の群れがいる。プレイヤーでもＮＰＣでもない。魔物同士。ちょっと覗いて漁夫《ぎょふ》の利《り》する」

「お、分かった。今行くよ」

「は～い！　りょ～かい！」


指を差しているヒタキに向かって、俺とヒバリが返事をした。そして、急いで来いと言われなかったのでゆっくり彼女の元へ。

ヒタキ先生曰く、王都に近いところで魔物同士が争《あらそ》うのは珍しいんだとか。

俺とヒバリは同じように「へぇ～」と相《あい》づちを打ちつつ、先を歩いているミィに遅れないようついて行った。

皆まとめて経験値と素材にできるから、漁夫の利もいいよな。このあたりはレアな素材を落とす魔物は少ないみたいだけど。

少し歩いた先は広い原っぱのような場所で、魔物同士の争う音が聞こえてきた。

遠目だから自信はないけどゴブリン、野犬、エント、テディベアか。

四つどもえのような戦闘だが、基本は見慣れた魔物達がテディベアを攻撃しているようで……ん、んんん？


「テディベア⁉　え？　なんで？　え？　え？」

「……ぬいぐるみ？」


思わず流してしまいそうになったけど、ヒバリが俺の気持ちを代弁《だいべん》してくれたので、俺自身はちょっぴり冷静になれた。だけどヒタキ先生に助けを求めてしまうあたり、もう威《い》厳《げん》もなにもあったもんじゃない。

ルリもミィも同じような反応だから、皆そうなのだろう。

ヒタキは可愛らしいテディベアをじーっと観察したあと、「あ」と声を上げ、手のひらに拳をポンッと打ち合わせた。

そしてこそっと俺の側に寄り、「ハチミツはまだ残ってる？」と、素《す》っ頓狂《とんきょう》なことを聞いてきた。

予想外の質問に思わず転けそうになるものの、とりあえず俺は頷く。女王様にもらったからな。

それで、ハチミツハチミツハチミツハチミツ、何か思い出せそうなんだけど……。

あぁダメだ、最近の出来事ばかりが思い浮かぶ。俺はなんて濃い日々を過ごしているんだ。

「ヒバリちゃん、あのテディベア助けてあげて。戦力的には問題ないけど、どんどん傷ついちゃうのは可哀想だから」

「へ？　あ、うん！　そうだね。可愛い子は正義だもんね！　任せて！」

必死に記憶をたぐり寄せようと頑張っている俺の傍《かたわ》らで、ヒバリが元気に走り出す。

「あ、ハチミツが好きなクマって、あの蜂蜜鬼神《はちみつきしん》か」

なんとか頭の隅っこにある記憶をたぐり寄せることに成功し、俺はそう呟きながら顔を上げた。

ヒバリ達はすでに可愛らしいテディベアと共闘している。

強さはまぁ、俺達が手助けしなくてもいずれは他の魔物に勝っただろう……という程度。

弱くはないけど、鬼神というほどだろうか。

（＞ｗ＜；）

「シュ〜、シュシュ〜」

「お？　リグ、ちょっと落ち着かないのか？」

（・ｗ・；）

「シュシュッシュ〜」

「本当にハチミツあげるだけでいいなら、俺達は襲われないはずだから気楽にしよう」

　頭上にいるリグがそわそわするので、俺はリグを下ろして抱き、ゆっくりと背中を撫で撫で。

　圧倒的な強さを持つ魔物はリグにとって驚異だろうけど、対処法があるなら俺も気楽に構えていられる。

　一番怖いのはハチミツがない場合ってことらしいし、常に数個は持っておこうと誓う。

　敵の数の多さに苦戦していただけのテディベア——もとい蜂蜜鬼神と、絶賛《ぜっさん》攻撃力増し増しフルメンバーなヒバリ達。

　それらがタッグを組めば、烏合《うごう》の衆の魔物くらい簡単に捻り潰せる。

　俺とリグ、ついでにシノが手を出す間もなく、あれだけいた魔物の群れはすぐに消滅《しょうめつ》した。

「うはー、戦った戦った！　余《よ》は満足じゃ」

「ん、経験値もろもろがっぽがぽ」

「まぁまぁあらあら！　この子が蜂蜜鬼神、ですのね！　とても可愛らしいですわ。ふわふわですし、とても大人しくて、あぁお家に連れて帰りたいです」

「んー、掲示板だとすぐ襲ってくる、みたいなことが書いてあったりするんだけど……襲わないわね」


戦闘が終わりヒバリ達が戻ってきて、好き勝手に話している。

ミィは両腕で可愛らしいテディベアもとい蜂蜜鬼神を抱き、ルリはその様子をまじまじと観察している。

見ている限り害はないようだし、可愛らしいから絵になるな。

『べあー、べあべあ、べっべあー』

「あら、降りたいのですね。もう少しもふもふを堪能したかったのですが……」

大人しく抱かれていた蜂蜜鬼神がジタジタと暴れ出すと、ミィは悲しそうに地面に降ろした。

ええと、大人しい今のうちにハチミツを用意しておこうと、俺はインベントリを開け、ハチミツハチミツ……と探す。

ある程度分類分けはしているけど、いっぱい入ってたらよく分からないんだよなぁ。

「お、みっけ」

(>w<;)

「シュ〜」

しばらくインベントリと睨めっこしてようやく見つけた。

これまでに結構使っちゃったけど、満足して……くれるといいなぁ。

そんなことを思いつつ顔を上げると、蜂蜜鬼神がひたすらシノの身体の匂いを嗅いでいた。

困惑しているシノには申し訳ないが面白い。

やがて飽きたのか素《そ》っ気《け》なく離れると、今度は俺に向かってくる。おぉ、なんか早歩きだな。

ポテポテという擬音《ぎおん》をつけたくなるような、可愛らしい足取りでやってくる蜂蜜鬼神。

そう言えば、俺の首を暖めてくれているこのもふもふマフラーは、ハニー系の魔物に襲われなくなる……という優れものだったはず。完全に忘れてた。

『べあー、べあべあ、べっべあー』

(>w<*)

「シュ、シュシュッシュ～」

シノと同じくしこたま俺の匂いを嗅ぎ、何か言っている……が、ちょっとよく分からない。訴《うった》えるような感じ？　いや、ちょっと違う気も……と首を捻っていたら、そわそわしていたリグがいつの間にか蜂蜜鬼神とお喋りしていた。

ほんわか系の顔文字なのでまぁ放っておいていいか。２匹とも可愛いし。

わざとじゃないけどリグが邪魔をしてしまったので、改めて俺は蜂蜜鬼神と目線を合わせるため、地面に膝をついた。

まぁこれでも高さが違うんだけど、いいことにしよう。

俺が蜂蜜ボールを見せると、蜂蜜鬼神の目がパァッと輝く。本当に好きなんだなぁ。いいの？　本当にいいの？　と、俺の顔と蜂蜜を交互に見るので、どうぞと頷いた。こんなに可愛いのに、なぜ鬼神っていう名前がついているんだろうな……。

と思った瞬間、蜂蜜鬼神が蜂蜜ボールを口に入れ、勝利の雄叫びと言わんばかりの、勇《いさ》ましい咆哮《ほうこう》を上げた。

『べあっべあ、べあー、ぐるうあぁぁあああぁっ！』

「シュッ」

「ひぇ」

(;w;)

ビリビリと大気が震えているし、近くにいた鳥やらが我先に飛び立っていく音が聞こえる。リグは俺のフードの中に逃げてしまうし、結構ビビりなヒバリが短い悲鳴を上げた。

可愛い姿に似合わない雄叫びを終えると、余韻に浸っていたらしい蜂蜜鬼神はハッと気づいたように周囲を見渡し、照れたようにもじもじし始めた。

驚きすぎて逆に冷静になった俺は、落ち着いて蜂蜜鬼神の頭を撫でた。美味しかったのなら何より。

『……べあべあー、べあべー』

「も、もともと俺達が君の邪魔をしたようなものだからね。これくらい大丈夫だよ」

『べあー！　べあ、べっべあべー！　べー！　べあー！』

可愛らしい生き物がしょんぼりしてたら、お兄ちゃん心が疼《うず》くというかなんというか。

俺の言葉に元気を出してくれたらしい蜂蜜鬼神は、勢いよく喋り出した。

何かを訴えているらしいんだけど、内容までは分からない。思わずヒタキ先生を見たが、彼女も分からないようで首を横に振られた。


『べあー、べあ、べ、べあー』

「ごめんな、何を言いたいのか分かんないんだ」

『べあー……』


そんなぁ、って感じか？

俺の言葉にがっくりと肩を落とすので、どうしたものか、と悩んでいると、最近聞かなくなっていた、ピコンッという可愛らしい音が鳴り響いた。

これはシステム音と言って、ゲームの通知があるときに鳴る音だ。

いや、別に蜂蜜鬼神から目を逸らそうとか思ってないぞ。思ってないったら思ってない。

通知に意識を向けると、パッと半透明《はんとうめい》のウインドウが開いた。

どうやら蜂蜜鬼神に関することらしく、近寄ってきたヒタキと一緒にそれを見る。


【蜂蜜鬼神《はちみつきしん》の加護《かご》】

通称、仲良しの証《あかし》。蜂蜜鬼神と仲良くできた者に贈《おく》られる加護。荒々《あらあら》しく恐ろしい力を持つ鬼神だが、ハチミツさえあればなんとかなる。強さとチョロさを併《あわ》せ持つ。

【特殊条件】事前に主神から「神の加護」を取得していること。

【受け取る／受け取らない】

お、おぅ……ここにきて割りと存在感がなくて、忘れ去られていたスキル【神の加護】が増えるのか。

もういろいろとアレがアレ状態だけど、これはきっと大変なことだ。

その証拠《しょうこ》に、いつも冷静で動じないヒタキが、真顔で俺のウインドウを凝視《ぎょうし》していた。無表情なのか真顔なのか、ちょっと判別が難しいけども。

「はぁ～、これが例のスキルなのねぇ。一応は聞いていたけど、自分の目で見るまでは信じられなかったわ。へぇ～、ふぅ～ん」

いつの間にか近づいてきたルリが、俺のウインドウを覗き込み感心したように呟いた。

一応知ってたのか。ルリは言いふらすような性格ではないし、知られても構わないけどな。

様々な反応を見せている妹達は放っておき、心配そうに俺の顔色を窺う蜂蜜鬼神を安心させてあげようじゃないか。

「加護をありがとう、もちろん受け取らせてもらうよ」

『べあ～！』

笑顔で語りかけながら、ウインドウの【受け取る】ボタンをポチリ。すると蜂蜜鬼神は大きな目を輝かせ、嬉しそうに身体を左右に揺らしながらひと鳴きした。

恩恵を受けるのは俺達のほうなのに、そんなに喜んでもらえるとは……。

魔物が蜂蜜鬼神の咆哮であらかたいなくなってしまったので、安全な原っぱで遊ぶ俺達。

あ、もうリグは蜂蜜鬼神に慣れたようで、今はあっちの頭の上にお邪魔中。

時間を忘れてしばらく遊んでいると、隣にいたヒタキが空を見上げた。

「……ちょっと、暗くなってきた」

ヒタキの呟き通り、見上げた空は暗くなってきており、もう少ししたら王都に帰らないと。

いくら攻撃力の高いメンバーがそろってて、蜂蜜鬼神もいるとしても、お兄ちゃんは心配なんだ。たとえ過保護《かほご》だと言われたとしても。

『べあー、べあべ、べあー！』

俺達について行けないと蜂蜜鬼神も分かっているのか、別れを惜《お》しむように鳴いてくれる。

あぁでも、本当にそうなのかは分からないけどな。きっとこんな感じだろう、という推測にすぎない。

「うぅ、こんなに可愛い子とお別れするのは寂しいですわ。でも、でもっ、心を鬼にしないといけないのは分かっております！　えぇ、えぇ！」

『べあべあー、べべあべあべー！』

ミィのお決まりのような感極《かんきわ》まった声を聞きつつ、元気よく手を振りながら森へ帰っていく蜂蜜鬼神と別れた。

ハニー系の魔物と仲が良いと聞いたし、１匹で寂しく過ごすことはないはず。

うぅーん、今日も濃い日を過ごしてしまった。暗くなる前に王都へ帰ろう。あたりに魔物はいないはずだけどちゃんと注意して。

人も魔物もいなかった場所から王都に続く舗装路に戻ると、人々が行き交う賑やかさが途《と》切《ぎ》れることなく続いていた。完全に暗くなれば静かになるんだろうけど、まだまだだからなぁ。

「……あぁ、やっぱり俺のインベントリから薬草を出すしかないな」
「むぅ、ツグ兄ぃ……。全然薬草摘《つ》めなかったもんね、あははははは」

インベントリを開けて呟くと、隣にいたヒバリが乾いた笑い声を響かせた。

そう。蜂蜜鬼神と一緒に遊んでいるときも、俺は薬草をひたすら摘んでいたんだけど、結局はただの草むしりだった。本気で落ち込んだのは内緒だぞ。

昼より少ない気はするが、入場待ちの列がどんどん近づいてきたので、俺はヒバリ達に注意する。

「あ、そろそろ門だな。迷子にならないよう気をつけるんだぞ、皆」

メイ、小桜、小麦はちゃんと抱き上げているし、リグは俺のフードの中。なので1番気をつけるのは妹達だな。毎回言ってる気もするけど。

そうして無事にギルドにたどり着くことができた。

中は昼と打って変わって混雑しており、ヒバリ達も連れて行くと潰される危険があるので、受付に行くのは俺だけ。

こういうとき保護者が２人いると便利だなぁ、って思う。

やる気はないけど、シノだって保護者役はできていると思う。ルリの存在が証明してる。

「ちょっとすみません、はい、受付に行きたいんです、はい、通ります、ありがとうございます」

ごった返している人混みの中を、ひたすら通ります通りますと言いながら通っていく。

フードの中にいるリグは大丈夫だとして、俺が潰されないか少し心配。

運動神経に自信がないやつが人の合間を縫《ぬ》うなんて芸当をしてはいけない、と少しばかりげんなりしつつ、ようやく目的の場所に着いた。

やっぱりここは飲食スペースもあるし、時間帯によって本当に混むんだな。

ヒタキ先生の時間配分が、殊更《ことさら》ありがたく感じる。心の中で拝んでおこう。

ええと、受付はそれほど混んでいないから、10分もあればって感じかな。

俺はインベントリから薬草の入った麻袋を取り出し、１番空《す》いている受付に並んだ。

前の人が報酬の受け取りで少し揉めたため、５分くらい遅くなってしまったけど、俺の用事はすぐに終了した。

ちょっと懸念《けねん》していた薬草の採取地なんだけど、どこでも良かったみたいだな。鮮度がいいと褒められただけで、文句はなにもなし。

端《はた》から見たら下手《へ》《た》くそであろう、人の合間を縫う作戦パート２に挑戦し、無事にギルド施設から脱出した俺とリグ。

(・w・`)

「シュ〜」

「あぁリグ、お疲れさま」

ぷはぁと言わんばかりにフードから出てきたリグが俺の頭上に乗り、俺は労《いたわ》るように背中をひと撫で。俺もリグも潰されなくてよかった。

「ええと、ヒバリ達はいつもの場所か……」

パパッと決めてしまったヒバリ達との集合場所を思い出し、俺とリグは足早に向かう。

そろそろ夜になるということもあり、プレイヤー冒険者の姿が目立ち、ＮＰＣの姿が少なくなっているように思う。まぁ夜はプレイヤーの時間だよな、たぶん。

少し時間がかかったけど、いつもの場所にヒバリ達の姿を見つけホッとする。いつも通りって本当に大事だよ、うんうん。

ゆっくり近づくと、彼女達の持っているものに目が釘付けになる。

あれは……買い食いの気配を察知。

買い食いはいいんだけど、両手に串焼きを持つのはやめてほしいかなぁ……って思ったり。でも、ヒバリの笑顔が可愛いからやめなくてもいいかも。

妹達のおかげで俺はシスコン街道まっしぐらだ。悪い気はしないからいいけど。


「あ、ツグ兄ぃお帰り～！」


ヒバリは片手に２本ずつ串焼きを持っており、俺に差し出してきた。

串焼きはまだホカホカと湯気《ゆげ》を立てているので、買ってそんなに時間は経っていないんだろう。

ありがとうと告げて受け取り、ヒバリと一緒にベンチにすわ……すわ、れないから立ってるか。

料理もできるお兄ちゃんとしては、露店の串焼きはまぁまぁとしか表現のしようがない。

でも以前より良くなってきてはいる。頭上にいるリグと分け合いっこしようか。

肉が手に入りやすいからか、ぶつ切り肉が大きくて食べ応えが……ありすぎだなこりゃ。

「ツグ兄、膝の上に乗せてくれるなら座ってもいいよ。もしくは、私の上に乗る？」

「はは、兄ちゃんは重いぞー」


あれこれ考えていたらヒタキが俺を見ていたので、目を合わせると面白いことを言い出した。

俺が頷くとは思っていないんだろうけど、じゃあ失礼して……って、座ったらどうするんだ？　今度やってみるか。

かぶりついた際に口端に付いた肉の脂を親指で拭って舐める。

これからどうするのかな？　まだゲーム時間で1日しか経ってないし、今日は日曜日だから、明日も遊びたいならＯＫと言うつもり。

ヒバリ達は満足しているみたいだけど、一応な。


「んほっほ、んぐ、も～終わっても大丈夫だよぉ。あとやりたいことって言ったらレベル上げとか、次の街に行くとかだし？　でもそれはいつでもできるし？」

「ん、余は満足。明日も学校だし、ちょうどいい」

「はい、わたしも同じ気持ちですわ。たくさん戦えてそれだけで大満足です」


俺が考えていた答えとほぼ同じような返事だったので、思わず顔が綻ぶ。

串焼きを食べ終わり次第ログアウトかな、と思っていたら、ルリから熱い視線を感じた。

俺がルリを見ると、途端にもじもじしおらしくなる。

お願いがあるというアピールなのかもしれない。お兄ちゃん心がくすぐられる。


「あ、あの、ひとつ、えっと、提案があるんだけど」

「うん？」

「あのね、次に一緒にできるの、少し先になっちゃうかも……。だから、あの、ツグミがガラガラで当てた魔石で、私達の服を強化してほしいの」

「……あ、あぁ！　なるほど。すっかり忘れてた」


ルリの話で、俺はお昼頃に当てた魔石のことを思い出した。

今日も本当に、ほんっとうに濃い時間を過ごしたから忘れてた。

最近、本当に濃くない？　と誰かに聞きたいくらいだ。

ヒバリ達も「賛成だ！」と言い出し、満場一致で俺達は作業場へ行くことに決定した。

シノは興味なさそうな表情で串焼きを食べているから大丈夫。

ここでやろうとして箱をぶちまけたら大変だ。魔石は小さくても高価なものだからな。その点、作業場なら安心だろう。

滞在の予約時間は、そんなにかからないはずなので、1時間でいいか。

移動して個室に入った俺達は、思い思いの席に着いた。

俺がお菓子や飲み物をインベントリから出して用意していると、さっそくと言わんばかりにヒバリ達が話し出す。


「んん～、魔石の数は～、割り切れるかなぁ～?」

「PT数の2で割るか、1人ずつで割るか、役割とかで割るか……悩ましいね」

「こういうときすごい悩むわねぇ。あ、パフェ代として魔石3つはそっちだから! 忘れちゃダメよ」

「ひとつ言うなら、防御力が必要なヒバリちゃんが多く受け取るべきですわ」

「え? えぇ～?」

魔石の入った箱を見ながら、皆のお喋りが弾《はず》むこと弾むこと。茶化したりしないよう気をつけないとな。

俺だっていい案がある訳じゃないし、どうしたものかと悩む。これは、1時間では終わらないかもなぁ。

ずっと結論が出ないかと思いきや、シノがおもむろに口を開く。俺が取り出したお菓子を黙々と食べて、まったく興味がないと思っていたのに。

シノが提案したのは、まずは均等《きんとう》に全員に魔石を配《くば》り、余りをＭＶＰ方式で功労者に渡すって方法。おぉ、面白いかも。

「おぉ〜、いいね！」

「シノの割りには面白いこと言うじゃない！」

元気娘達がシノの言葉にいい案だ、と立ち上がり賛成した。

シノが案を出してくれなかったらこのままずっと決まらなかったかもしれないし、俺も賛成だな。

そうと決まったら魔石を箱から出して、大ざっぱに数える。

ええと、とりあえず……リグ達の分も含めて3つずつだな。

シノの提案どおり、さらにひとつずつをヒバリ、ミィ、ルリに。

彼女達が1番前線で戦っているからで、誰も反対する人はいない。

まぁ当たり前だな。メイは俺の分を分けるからいいんだ。
シノも3つでいいと辞退《じたい》したし、残りの魔石は……。

「ん？」

どうするか悩んでいると、不意にポンッとシステム音が鳴った。ええと、これは、個人的なメッセージの音だったはず。
俺はこそっと自身のウインドウを開き、中身のメッセージを確認した。ん？　目の前にいるヒタキから。なんだ？

ヒタキ：ヒバリちゃんには内緒のメッセージです。1番の功労者は皆の盾役になるヒバリちゃん。
余った魔石をヒバリちゃんにあげたい。どう？
追伸《ついしん》、驚いた顔のヒバリちゃんは可愛い。

思わずヒタキを見ると、俺の反応なんて分かってる、と言わんばかりに、思い切り親指を突き上げてきた。

俺もその案に賛成だと何度か深く頷いて、ヒバリにバレないよう視線を外す。

ミィもルリもきっと知ってるんだろうなぁ。

俺は残りの魔石が入った箱を持ち、ずずいっとヒバリに押しつけた。

何がなんだか分かっていないヒバリは箱を受け取り、不思議そうに首を傾げている。

俺達皆で「どうぞどうぞ」すると、ヒバリは大きな目を見開き、素っ頓狂な声を上げてオロオロし始めた。


「え？　え、あ、うぇ？　あ、あう、ううぅ」


聞き取れない言語を話し始めてしまったので、発案者のヒタキがネタばらし。

するとどうだろう。

ヒバリはホッとしたような安心したような表情を浮かべ、「なるほど。なら、ありがたく受け取っておくね」と満面の笑みを見せた。

……ずっとこのままのヒバリでいてほしいものだ。


「んじゃ、ちゃっちゃと魔石合成するぞー」

話し込んでしまったから、ここからは巻いていかないと、時間を延長するしかなくなってしまう。

合成に時間がかかるのは明白なので、先にログアウトするであろうルリとシノから。

まず、どの装備に魔石を合成するかを尋《たず》ねた。

すると2人とも、俺がプレゼントした防具がいいと言うので、了承《りょうしょう》し魔石を手に取る。

2人だったら武器でもいいかもしれないけど、武器は買い換えることもあるからなぁ。悩ましいものだ。

シノは3つ、ルリは4つの魔石。

防具にそれらを合成して……よし、成功。失敗しちゃいけないので、俺の固有技【賢者《けんじゃ》の指先】スキルを使った。

失敗したことないからいらないかもだけど、念には念を入れないと。

合成後の詳細は、見せてもらわなくてもいいや。

「次はわたしをお願いいたしますわ！」

合成が成功してホッとしたのも束《つか》の間、尻尾を勢いよく振り目を輝かせたミィが、魔石を持って近づいてきた。

ミィもヒバリもヒタキも、どれに合成するかって聞くと、全員俺の手作り防具だと答えた。気に入ってくれているようで、お兄ちゃん冥利《みょうり》に尽きるな。

メイは武器である黒金の大鉄槌に魔石をつぎ込み、俺は小桜と小麦が宿《やど》っている、にゃんこ太刀につぎ込む。小桜と小麦の分も同じくにゃんこ太刀に。

リグは残念なことに装備品がないのでどうしようもなく、今後どうするか考える、ということで一段落した。

さて、皆の強化が済んだところでステータスを確認しておこうか。

REAL&MAKE
リアル アンド メイク

【プレイヤー名】
ツグミ
【メイン職業／サブ】
錬金士Lv 51／テイマーLv 50
【HP】1038
【MP】1954
【STR】199
【VIT】195
【DEX】313
【AGI】191
【INT】340
【WIS】315
【LUK】275
【スキル10／10】
錬金31／調合32／合成51／料理94／
ファミリー42／服飾44／戦わず63／
MPアップ74／VITアップ35／AGIアップ36
【控えスキル】
シンクロ（テ）／視覚共有（テ）／魔力譲渡／
神の加護（2）／ステ上昇／固有技 賢者の指先
【装備】
にゃんこ太刀／フード付ゴシック調コート／
冒険者の服（上下）／テイマーブーツ／
女王の飾り毛マフラー
【テイム3／3】
リグLv 73／メイLv 81／小桜・小麦Lv 57
【クエスト達成数】
F42／E15／D3／C2
【ダンジョン攻略】
★★☆☆☆

REAL&MAKE
リアル アンド メイク

REAL&MAKE《リアル アンド メイク》

【プレイヤー名】
ヒバリ
【メイン職業／サブ】
見習い天使Lv 56／ファイターLv 56
【HP】2392
【MP】1415
【STR】353
【VIT】445
【DEX】296
【AGI】299
【INT】321
【WIS】287
【LUK】335
【スキル8／10】
剣術Ⅱ41／盾術Ⅱ43／光魔法80／
挑発Ⅱ16／STRアップ71／水魔法9／
MPアップ56／INTアップ48
【控えスキル】
カウンター／シンクロ／ステータス変換／
重量増加／神の加護（2）／ステ上昇／
固有技 リトル・サンクチュアリ／
HPアップ100／VITアップ100
【装備】
鉄の剣／アイアンバックラー／
レースとフリルの着物ドレス／アイアンシューズ／
見習い天使の羽／レースとフリルのリボン

REAL&MAKE《リアル アンド メイク》

REAL&MAKE
リアル アンド メイク

【プレイヤー名】
ヒタキ
【メイン職業／サブ】
見習い悪魔Lv５２／シーフLv５０
【HP】１３３４
【MP】１３８３
【STR】２６８
【VIT】２４２
【DEX】４２５
【AGI】３６７
【INT】２８８
【WIS】２８３
【LUK】２９９
【スキル１０／１０】
短剣術９８／気配探知７９／闇魔法６６／
ＤＥＸアップ１００／回避Ⅱ４／火魔法１５／
ＭＰアップ４７／ＡＧＩアップ４８／
罠探知４８／罠解除２９
【控えスキル】
身軽／鎧通し／シンクロ／神の加護（２）／
木登り上達／ステ上昇／固有技 リトル・バンケット／
忍び歩き２６／投擲３９／狩猟術１
【装備】
鉄の短剣／スローイングナイフ×３／
レースとフリルの着物ドレス／鉄板が仕込まれた
レザーシューズ／見習い悪魔の羽／始まりの指輪／
レースとフリルのリボン

REAL&MAKE
リアル アンド メイク

REAL&MAKE《リアル アンド メイク》

【プレイヤー名】
ミィ
【メイン職業／サブ】
グラップラーLv 42／仔狼Lv 42
【HP】1633
【MP】773
【STR】367
【VIT】226
【DEX】225
【AGI】286
【INT】167
【WIS】184
【LUK】243
【スキル10／10】
拳術91／受け流し72／ステップ76／
チャージ74／ラッシュ66／STRアップ69／
蹴術58／HPアップ39／AGIアップ37／
WISアップ34
【控えスキル】
ステータス変換／咆哮／身軽／神の加護（2）／
ステ上昇
【装備】
鉄の籠手／レースとフリルの着物ドレス／
アイアンシューズ／仔狼の耳・尻尾／
身かわしレースリボン

REAL&MAKE《リアル アンド メイク》

REAL&MAKE
リアル アンド メイク

【プレイヤー名】
ルリ
【メイン職業／サブ】
小鬼Lv38／槍《やり》使いLv38
【HP】1836
【MP】434
【STR】439
【VIT】222
【DEX】219
【AGI】235
【INT】155
【WIS】157
【LUK】240
【スキル5／10】
槍術《そうじゅつ》II 5／受け流し68／チャージ57／
STRアップ53／HPアップ61
【控えスキル】
威圧《いあつ》（鬼）／再生（鬼）
【装備】
ハルバート／大きなリボンがアクセントな
軍服風ワンピース／冒険者の靴《くつ》／小鬼の角《つの》

REAL&MAKE
リアル アンド メイク

REAL&MAKE
リアル アンド メイク

【プレイヤー名】
シノ
【メイン職業／サブ】
弓使いLv35／無職Lv35
【HP】1163
【MP】972
【STR】231
【VIT】200
【DEX】242
【AGI】222
【INT】209
【WIS】204
【LUK】239
【スキル3／10】
弓術60／鷹《たか》の目41／風読み37
【控えスキル】
無職の底力／魔力矢生成
【装備】
アーチェリー／冒険者の服（上下）／
シックなインバネスコート／冒険者の靴

REAL&MAKE
リアル アンド メイク

「んん～、ちょっとは強くなってる……かな？」

「……たぶん。少しずつしか強化されてないけど、無強化よりは強い。うん」

「ならいっか！」

頷き合う双子の横では、ミィが悲しそうな表情をしていた。

「あぁ、もうログアウトですのね……」

「そうねぇ、楽しい時間はあっという間よ」

ルリの言葉に、ヒバリが満面の笑みで答える。

「今度は長めに遊ぼ！　2～3日くらい！」

「わぁ、いいですわね！」

ちょっぴり哀愁《あいしゅう》の漂うリグの背中を撫でつつ、ログアウトの準備をしていた俺は、ヒバリ達のお喋りを聞いて安心した。

ヒバリ達が楽しいなら俺も楽しいし、すごく嬉しいよ。

皆で遊べるときに長めに遊んでほしいって俺も思ってる。

「忘れ物は、ないな。んじゃ、噴水のところでログアウトだな」

何度も確認して作業場から退出。まだ1時間くらいしか経っていないのに、さっきより出歩いている人達が少なくなったかもしれない。

ちょっとだけ歩きやすくなった道を進み、いつもの噴水広場へ。

ログアウトするために使う噴水付近だけは、いつもより混んでるかも。

いつものようにもじもじし始めたルリは、「今日も楽しかった。次はいつになるか分からないけど、また遊んでくれると嬉しい！」と言い残し、シノが軽く頭を下げてログアウト。

いつか家に遊びに来て、泊まってくれたら楽しそうだ。

シノ達を見送ったら、次はリグ達を休ませてあげないとな。【休眠】にしないでログアウトしてもシステム的には問題ないみたいだけど、それはしたくない。

「リグ、メイ、小桜、小麦、今日も遊んでくれてありがとう。また明日」

(＞w＜＊)

「シュッシュ～」

腕の中にいたリグの背中を労るように優しく撫でつつ、ウインドウを弄《いじ》って【休眠】状態に。メイ達はヒバリ達が労ってくれたので大丈夫。

そして最後は俺達だな。やり残しがないかヒバリ達に確認し、俺のウインドウにある【ログアウト】ボタンをポチッとひと押し。

まぁ、やり残したことがあってももう遅いから諦めてくれ。もしくは明日やる、ってことで。

◆◆◆

俺は眠りから目覚めるように目蓋《まぶた》を開いた。

目の前のソファーには、俺が大切に育てている可愛い可愛い妹達がいて、思わず癒される。

凝り固まった身体を解すため思い切り伸びをしていると、雲雀達も起きてきた。

「やっぱり、保護者だからつぐ兄ぃが早めに起きるよねぇ。んんんん～、乙女心《おとめごころ》が」

「ん、つぐ兄の寝顔、可愛いから眺めたいのにね。残念」

「なぁにを言ってんのかね、まったく」

美紗ちゃんは家に帰らないといけないから、雲雀と鶲の不毛《ふもう》すぎる会話には参加しなかった。ありがたい。

黙々と自分のヘッドセットを紙袋に入れた美紗ちゃんが次に取りかかったのは、双子のヘッドセットの片づけだった。

それに気づいた２人は、慌ててお片づけを始める。

雲雀と鶲は美紗ちゃんに任せ、俺は彼女に持たせるプリンの出来でも見てこよう。俺の分も片づけてくれるって話だったし。

あ、美紗ちゃんを家に帰すときは、俺の護衛付きだから安心してほしい。

徒歩《とほ》数分と言ってもやっぱり心配だし、いくら運動の苦手な俺でも、成人した男だからね！　可愛い妹は守る。

「……お、ちゃんと美味しそうに出来てる」

キッチンへ行って冷蔵庫を覗くと、プリンはしっかり固まっていて美味しそうだった。

そのプリンを持ち、美紗ちゃんと一緒に彼女の家へ行くと、なんと忙しいはずの達喜さんが出迎えてくれた。

前回好物のプリンが食べられなかったから、俺の手土産《てみやげ》を渡したら大変喜んでくれた。拝み倒す勢いで喜んでくれた達喜さんに美紗ちゃんを託《たく》し、帰宅すると、雲雀と鶲は俺の手作りプリンに目が釘付けで、じっと見つめていた。

そう言えば、食べててもいいよ、と言うのを忘れてたっけ。

すぐオヤツタイムに突入し、まったりとした日曜の夜を過ごす俺達。

きちんと歯磨きするんだぞ、とか言っているうちに、いつの間にか寝る時間となる。

明日も代わり映えのしない、けれど楽しい日々が続くんだろうな。

R&M攻略掲示板

【ロリコンは】LATORI【一日にしてならず】part7

（主）＝ギルマス
（副）＝サブマス
（同）＝同盟ギルド

1:かなみん（副）
↓見守る会から転載↓
【ここは元気っ子な見習い天使ちゃんと大人しい見習い悪魔ちゃん、生産職で女顔のお兄さんを温かく見守るスレ。となります】
前スレ埋まったから立ててみた。前スレは検索で。
やって良いこと『思いの丈を叫ぶ・雑談・全力で愛でる・陰から見守る』
やって悪いこと『本人特定・過度に接触・騒ぐ・ハラスメント行為・タカリ』
紳士諸君、合言葉はハラスメント一発アウト！
ギルマスが立てられないって言ったから代理でサブマスが立ててみたよ。上記の文、大事！　絶対！
・
・
・

書き込む　全 部　<前100　次100>　最新50

R&M攻略掲示板

311:魔法少女♂
今日も今日とて俺達は通常営業だぞぉ☆

312:焼きそば
>>305　人が多いからね。屋根から見守れる人が羨《うらや》ましい。あ、でも国の怖《こわ》い人に睨《にら》まれるんですっけ？　こわいなぁ（笑）

313:プルプルンゼンゼンマン（主）
今日の予定はみんな頭に入ってるな？　俺は勝ち抜き戦でほとんど来れないけど各自頑張ってほしい。主にロリっ娘ちゃん達の護衛《ごえい》！

314:こずみっくZ
買い食いいっぱいできて楽しい。

315:NINJA（副）
ロリっ娘ちゃん達、聞いた話によると魔物の集団戦に出るらしいでござるからな。１番よい席をとらねばロリコンの名折《なお》れでござる！

316:棒々鶏（副）
>>308　俺達が出るのは勝ち抜き戦でもチーム戦だよ。ギルドの宣伝も兼ねてる。まぁ俺は戦闘能力ないから出ないけどな！

書き込む　全部　<前100　次100>　最新50

R&M攻略掲示板

317:ナズナ

お、ロリっ娘ちゃん達ログインしたぞ！　やっぱり鬼のロリっ娘ちゃん達も来るのか！　可愛いに可愛いが足された！　ロリコンに効果が抜群《ばつぐん》のようだっ！

318:空から餡子

大通りは通るの止めておこう……。裏通り少し治安悪いけど、割りと静かでホッとする。はぁー。

319:もけけぴろぴろ

>>313　だぁ～いじょうぶだぁ！　殺《や》る気満々！　こんな気持ち初めて！　もうなにも怖くない！

320:iyokan

かっかかかかわかわかっかかわかわくぁ！

321:つだち

お

322:さろんぱ巣

可愛いに可愛いが足されてしまった！

書き込む　全部　＜前100　次100＞　最新50

R&M攻略掲示板

323:魔法少女♂
お兄さん！　裁縫《さいほう》上手！　結婚してほしい！

324:かなみん（副）
>>313　りょ～。集合場所を決めずともいいくらいに目立つのがギルマスの特技だよね。

325:フラジール（同）
うわ、ロリっ娘ちゃんの生《なま》着替え……いいね！　一目見たから私は走る！　風のように！

326:コンパス
>>317　おぉ、ロリコン大歓喜《かんき》。

327:餃子
>>320　どうしたwww

328:氷結娘
ロリっ娘ちゃん達の動向が見守れない……！　お前らちゃんとロリっ娘ちゃん達の実況しろ！

R&M攻略掲示板

329:中井

え、今きたんだけど簡潔《かんけつ》に教えて！

330:密林三昧

>>319　それ死亡フラグだから！　wwwww

331:sora豆

ガン見《み》したいから三行で話すぞ！

1、お兄さんが鬼のロリっ娘ちゃんに手作り服。

2、可愛い軍服風のワンピース。可愛い。

3、可愛すぎて俺達ロリコン大興奮。以上！

332:夢野かなで

あ、鬼のロリっ娘ちゃんの保護者にも手作り服かぁ。お兄さんやっぱり女子力高いなぁうらやま。

333:プルプルンゼンゼンマン（主）

自分、見れないんで血涙《けつるい》いいっすか……。

334:黄泉の申し子

ロリっ娘ちゃん達、着替えたらすぐ移動始めた！

書き込む　全部　＜前100　次100＞　最新50

R&M攻略掲示板

335:甘党

>>331　ありがと！　月夜ばかりだと思うなよ！

336:黒うさ

勝ち抜き戦行くやつほぼ全滅《ぜんめつ》で見れないやん。俺は夜じゃないと強くないから見れたけど！

337:わだつみ

集団戦は向こうだっけ。往復《おうふく》すんの大変だし、ロリっ娘ちゃん達を見てくる。まるで運動会に参加する保護者の気分。ハラハラするぜー。

338:ましゅ麿

>>331　久々に皆のキョドり具合《ぐあい》が楽しかった。でもお前は許さない。八《や》つ当たりしてやる！

339:白桃

む、野次《やじ》ってるプレイヤーはＳＳ撮《と》っちゃうもんね。可愛い可愛い可愛くて可愛すぎる年下に野次るとか普通に大人としてダメっしょ。

340:kanan（同）

掲示板流れるの早くてヤバいなw

書き込む　全 部　＜前100　次100＞　最新50

R&M攻略掲示板

341:かなみん（副）
うぅ、ロリっ娘ちゃん達の勇姿《ゆうし》見に行きたい……。
・
・
・
378:芋煮会委員長（同）
はぁ～っ、ほんっとうにかっわいいわねぇ。

379:魔法少女♂
>>365　ガチの戦闘系ギルドじゃないからなんとも言えないけど、結構いい感じだよ。名前を売って強いって知らしめないと。ロリっ娘ちゃん達守れないからね！　うちらが弱いと舐められちゃうからね！　きゃっきゃしたいだけの親衛隊《しんえいたい》ギルドとは違うからね！

380:かるぴ酢
お兄さんが蜘蛛《くも》ちゃんと投網漁《とあみりょう》したときは笑っちゃったよ。効率いいけど、投網って、投網って。

381:コンパス
>>363　ロリっ娘ちゃん達は無理しないから運営側がやらかさない限り勝てるよ。あの攻撃力ましましの安心感って言ったらないぜ！

書き込む　全部　<前100　次100>　最新50

R&M攻略掲示板

382:sora豆

時間の問題だなって最初から分かる戦いwww

383:餃子

防御力お化けってギルマスのことだったんだな。敵がギルマスに攻撃しても意味ないって悟《さと》ったぞw　でも引きつけスキルがある絶望感www

384:棒々鶏（副）

戦い終わったらロリっ娘ちゃん次第だけど、打ち上げしたいなぁ。俺なんもしてないけど。

385:黄泉の申し子

おぉ～、ロリっ娘ちゃん達は時間こそかかったものの、誰も怪我《けが》することなく戦闘終了したみたいだな。嬉しそうなロリっ娘ちゃんｈｓｈｓ。

386:氷結娘

ギルマス達の試合見てたらステータスも大事だけど、本人の戦いスキルも大事だって分かった。あとなんだ？　状況判断とか？

R&M攻略掲示板

387:中井

>>380　俺も笑っちゃった。投網ってｗｗｗ　って感じで。でも、一網打尽《いちもうだじん》だったね。

388:ましゅ麿

>>378　はぁ、ホント可愛いよねぇ。この混沌《こんとん》しか生み出さない現代社会に舞い降りた天使……はっ、もしかしなくても女神なのでは？

389:わだつみ

ギルマス達はこりゃ勝ち確だな。ロリっ娘ちゃん達をひと目でも見たいから移動しよっと。

390:こずみっくZ

>>384　打ち上げでお店選ぶならお薦《すす》めのところがある。大通りから一本裏道に入った、食堂っぽいところ。ってか、俺が行きたい。

391:密林三昧

盾役が潰《つぶ》れたら相手方は他にサブ盾できるのいないっぽいし、いろいろと終わりだよなぁ。

書き込む　全部　＜前100　次100＞　最新50

R&M攻略掲示板

392:甘党

着々と出場者出口に集まるロリコン達。遠目《とおめ》に見るだけだからな！　踊《おど》り子には手を触《ふ》れないでください状態だからな！　早まるな！

393:フラジール（同）

>>385　お～、それはそれは。見に行けなくて血涙を流すのもやぶさかじゃないけど、安心して目の前の敵を倒すことに集中できるわ。

394:ちゅーりっぷ

日本鯖《さば》なのにつたない日本語の外国人がいた……。身長がデカい……。うぅ、身長がほしい……。

395:棒々鶏（副）

いろいろ決めないとだから、適当にメッセージ送ったから返信よろしく。抽選はランダムだから。

396:もけけぴろぴろ

お、ロリっ娘ちゃん達が出てきた！　ぞろぞろ。

397:さろんぱ巣

出場者出口、思った以上に人が多くてホントに遠くからしかロリっ娘ちゃん達が見れません！　ちょっとどうなってんすか！　うへぇ～！

書き込む　全部　<前100　次100>　最新50

R&M攻略掲示板

398:空から餡子

>>392　はーい。きうぇおゆけつじぇ。

399:夢野かなで

どうやら魔物の集団戦に、男性人気《にんき》アイドルが出るらしい。おなごの集団に気をつけられたし。

400:焼きそば

おれたちはろりっこちゃんがみたいのぉぉぉぉ！

401:ナズナ

>>398　おまえもちつけ

・

・

・

442:かなみん（副）

>>436　お疲れさまでした～。いやぁ～惜《お》しかった惜しかった。でも、うちの戦闘ガチ勢なら通用するってことが分かってよかった。これでロリの魅力《みりょく》を守れるんだもの。うふふ～。

443:黒うさ

ロリっ娘ちゃん達も打ち上げ楽しそうだったなぁ。俺も差し入れし

書き込む　全 部　<前100　次100>　最新50

てキャッキャしたかった……。

444:焼きそば

>>438　そ、それは……すごくいい案だ！

445:ナズナ

皆には悪いけど、俺、王都の外に行くから！　ロリっ娘ちゃん達を遠くから見るから！

446:棒々鶏（副）

満腹度はあれど満腹感がないから、驚きの食物摂取《せっしゅ》量となりました……。まぁ事前に適当な金額徴収《ちょうしゅう》してるからいいけどさ。あまりはギルド資金行き。それにしても、誰がどれだけ食べるとか……。

447:空から餡子

>>436　お疲れさまでした。次、こういうことがあってもいいように自分も鍛錬しなきゃなぁ。

448:こずみっくZ

余は満足。わがまま聞いてくれてありがと。今から噴水《ふんすい》広場に並んでる屋台で買い食い。

R&M攻略掲示板

449:白桃

ロリっ娘ちゃん達はクエストで王都の外に行くってさ。今は人も多いし、あんまり魔物も寄りつかないだろうし、ハラハラしなくて済むね。森の奥とかなら話は別だけど。

450:もけけぴろぴろ

んんんんんー、そろそろ自分落ちます。

451:つだち

>>445　あい、いってらっさいな。ロリっ娘ちゃん達に迷惑《めいわく》かかるなら容赦《ようしゃ》しないからそれにも気をつけるんだよ！

452:ヨモギ餅（同）

>>442　お疲れさま。今回の件で色んな掲示板にココのこと書き込まれてるから、いろいろ気をつけたほうがいいよ。ま、君達の団結力はアレだから大丈夫だとは思うけど。見てて楽しいギルドには解散してほしくないし。何かあったら連絡を。

453:iyokan

景品の抽選がガラポンとか想像つかねぇよなぁ。誰だよ、この国にガラポン教えたやつ。

書き込む　全 部　<前100　次100>　最新50

R&M攻略掲示板

454:NINJA（副）

あれ？　んん？　お兄さんが薬草採取《さいしゅ》に苦戦してるでござるか？　珍しいでござるな。

455:神鳴り（同）

なぁんかイヤな予感ってか、胸騒《むなさわ》ぎするんだよなぁ。森が静かっていうか、じっとしてるというか……。ロリっ娘ちゃん達が心配だから俺も遠くから見る。

456:かるぴ酢

あっ（察し）

457:夢野かなで

>>446　誰がどれだけ食べるとか、気にしちゃいけないぜ子猫ちゃん。特に乙女《おとめ》は。

458:氷結娘

面と向かって話すより掲示板に書き込むほうを優先するとか、めっちゃ俺らっぽいよな。しみじみ。

459:フラジール（同）

>>442　おつです。ヨモギ餅さんに言いたいこと書かれちゃったけ

書き込む　全部　<前100　次100>　最新50

R&M攻略掲示板

ど、私も同じ気持ちだから！　すっごい同じ気持ちだから！　可愛い子は財産！　しかもあんなに可愛くていい子達は国宝、いや、世界遺産《いさん》だから！　守るためならなんでもするから！

460:餃子

>>443　激しく同意なんですけどぉ。

461:コンパス

>>456　あっ（察し）

・

・

・

498:棒々鶏（副）

ひぇ……。

499:餃子

なんでなんでなんでなんえんれんさなんｄｗうわあああああこわひ

500:魔法少女♂

お兄さんのマフラーお兄さんのマフラーお兄さんもふもふもふもふもふもふもふも

書き込む　全部　<前100　次100>　最新50

R&M攻略掲示板

501:黄泉の申し子

うぅ、道すがら出会ってワンパンもらって即退場した前世の記憶が……。詳しく言うならβ時代の記憶が……。古傷っぽく疼《うず》く。

502:白桃

はちみつきしん、あれは、嫌な事件だったね……。

503:密林三昧

>>497　おっおおっおおおおおおっおおっおおおちおちおちちゅけ。おちおちおちちつかないとだめだったばっちゃがいってた！

504:中井

我々はゲーム好きが多いゆえ、あれの記憶に苛《さいな》まれるものも多いのだ。

505:甘党

>>500　うんうん。お兄さんにはもふもふマフラーがあるから、あの蜂蜜鬼神とも仲良くなれるよね。よかったよかった。俺達とは違うもんね。

506:プルプルンゼンゼンマン（主）

説明しよう！　蜂蜜鬼神（はちみつきしん）とは、テディベアのよ

書き込む　全 部　<前100　次100>　最新50

うに愛らしい姿をした鬼のように強い熊のことである。蜂蜜があれば仲良くなれるが、蜂蜜がないとそっけない態度でどこかへ行ってしまう。ならなんで皆が怖がっているのか、という疑問が残る。それは、バカが蜂蜜鬼神に攻撃したことが原因だ。あれは正しく鬼神の如《ごと》く勇《いさ》ましい姿だった。外見はテディベアだけど。一見可愛い擬《ぎ》音《おん》とかしそうだったけど。蜂蜜鬼神は熊だ。熊は１回獲物《えもの》だと判断したらなりふり構わず狙《ねら》いにいく。それが森の中だろうと、街の中だろうと、王都の中だろうと。そこからｈ
（書き込み文字数上限です＞△＜；）

507:ちゅーりっぷ
天災級の魔物だってギルドでも言ってたからなぁ。ハチミツかマフラーないやつは近寄らないのが得策《とくさく》だよ。巻き込まれたら骨は拾ってやるさ。

508:つだち
ちなみに蜂蜜鬼神って聞いて怯《おび》えるやつは遠《とお》巻《ま》きで巻き込まれたやつ、怒るやつは近くで巻き込まれたやつ、遠くに意識飛ばすやつは間近《まぢか》でワンパンされたやつってばっちゃが言ってた。

509:iyokan
こんなときこそ、ロリっ娘ちゃん達を見て癒されるんだ！　ほら、

R&M攻略掲示板

蜂蜜鬼神様がお兄さんのテイムされた魔物みたいになってる！　あれなら可愛い！

510:かるぴ酢
>>496　うん。あっ（察し）したけど、あれから何日経《た》ってるんだって話だもんね……。

511:黒うさ
日本人は小柄《こがら》な体型が多いって言ったって、これだけギルドに集まりゃぎゅーぎゅー詰《づ》めだっつーの。さっさと用事済ましたら帰ってほしい。

512:ましゅ麿
>>506　いろいろおつかれさま……。

513:ヨモギ餅（同）
>>501　お、おれがいる。おれもなんだ。ワンパン退場。おんなじおんなじ。

514:フラジール（同）
はぁ〜、ロリっ娘ちゃんかわいい。

R&M攻略掲示板

515:かなみん（副）

今日も今日とて、ロリちゃん達がログアウトしたら各々《おのおの》好き勝手していいからね。お守り対象のいなくなったロリコンギルドはこんなもんよ（笑）

516:密林三昧

地味にロリコンはもちろん、兄コンになるかもしれない。あれ、ブラコンだっけ？　こんなお兄ちゃんいたらなぁ。妹もほしかったよぉ～！

517:氷結娘

>>506　めっちゃ傷が深そうな……wwwwww

518:コンパス

お、ロリっ娘ちゃん達、王都に帰るみたいだな。あとはログアウトの準備かな。最近の傾向を鑑《かんが》みて。

519:夢野かなで

>>515　りょ～。明日は月曜日だしねぇ～。

520:焼きそば

ひとあしおさきに落ちまーす。乙っした。

書き込む　全部　<前100　次100>　最新50

R&M攻略掲示板

521:魔法少女♂

今日は色んなことがあって楽しかったぞぉ～☆

522:空から餡子

しゃちくにもどるのいやだぁぁぁぁぁぁ。

書き込む　全部　<前100　次100>　最新50

社畜《しゃちく》に戻りたくない、戻らないとロリっ娘ちゃん達に会う金が稼げない……そんな感じでわいわい盛り上がりながら、夜は更《ふ》けていく。

◆　◆　◆

明けて月曜日。

いつも通りに起きた俺は、学校に行く妹達の朝食を作り、バタバタしながらリビングに来た妹達と一緒にそれを食べる。

口いっぱいに頬張《ほおば》った雲雀が何か言いたそうにしていたが、諦めたように鶲に視線を向けた。

するとと代わりに、鶲が俺に口を開いた。

「ん、ゲームの話なんだけど、今日は王都を離れるための準備をする。そろそろ王都ですることとなくなってきた」

「え？　へぇ」

「ん、王都でやらなくても他でもできるし、何より世界を見て回りたいから。ゲーム内の時間がいっぱい過ぎたから、楽しそうなことが多くなってきた」

「んんんっ、ぷはー！　んでんで、一応つぐ兄ぃに言っとこうって！　ほら、心の持ちようって言うじゃん？」

「……なるほど、な？」


上手に焼き色のついたトーストをかじりながら、鶲と雲雀の言うことになんとなく頷く。

まぁ、世界中を見て回りたいってのは確かだからな。結構長く王都にいるし、２人が言うようにやりたいことはやった……かもしれない。

とはいえ、俺はほら、雲雀と鶲がいいならそれでいいし。

さて、俺は時間に囚《とら》われない主夫生活をしているけど、雲雀と鶲はそうはいかない。部活の朝練に遅れてはいけない、と彼女達を送り出してようやく一息。

双子は楽しんで部活をやっているので、ぜひとも頑張ってほしい。お兄ちゃん的には妹達が楽しければＯＫ、って感じだけど。


「んん、昼飯はあり合わせでいいとして、夕飯はなににしようか……。あ、スーパーに行くか」

俺だけなら、お茶漬けとかリンゴ丸かじりとか、なんにもなかったら最悪抜きでもいいけど、雲雀と鶲には、きちんと栄養バランスのいいものを食べてほしい。

食育が大事だって、昔読んだ育児本にも書いてあったからな。もう中学生だよ、とかいうツッコミは無しの方向で。俺もそう思ってるから。

ええと、新聞の折り込みチラシを見て買うものを決めよう。

今はネットチラシとかネット通販とかのほうが安いんだろうけど、俺の運動不足解消《かいしょう》も兼《か》ねているので問題ない。

これ以上筋力を落としたら、悪友に笑われちゃうかもしれないからなぁ。それだけは勘弁。

「お、こっちのスーパーが安いな。ここにしよう」

1番安いスーパーを見つけたら、テーブルの上に放置していた携帯をたぐり寄せる。

昔は紙にメモをして財布の中とかに入れてたけど、携帯にメモするほうがいいって気づいてからはこのやり方。

豚肉と鶏肉、野菜は葉物野菜中心で……お、ハムやチーズも安い。これなら一気にまとめ買いができる、とホクホクしながらメモを取り、準備ができたらスーパーへ。

「……チラシには載《の》ってない、超目玉お買い得商品」

スーパーに着くと、俺の心を掴んで離さないそんなコーナーに出会うことができた。これはもう主夫冥利に尽きると言っても過言ではない。

俺の昼食は、朝食のトーストの残りに適当なものを乗っけるだけでいいし、夕食はこの超目玉お買い得商品の大玉キャベツを使い、特製のロールキャベツにしよう。

お肉好きな雲雀も野菜好きな鶲も喜ぶ一品だ。

少し買い過ぎてしまったかな……と、両手にぶら下がる大きな買い物袋を見て思う。

一直線に帰宅し、冷蔵庫に買ってきたものをしまうと、お腹が空《す》くまで掃除をすることにした。

ちょこちょこやってはいるけど、優先度の低いところはなぁ。汚れがひどくならないように気をつけないと。

ちょうどいい時間にお腹が空《す》いたので、残り物で昼食を作る。

そして数時間後、煮込む時間も考え、俺は特製ロールキャベツの調理に取りかかった。

特にこだわりはないけど、あえて言うなら、じっくりコトコト煮込むことかな。キャベツがトロトロになったら本当に美味い。

「……味付けはこんなもんか」

顆粒《かりゅう》だしと醬油で味を調え、こんなものだろうと頷く。でもこれだけじゃ物足りないので、満タンになった冷蔵庫を覗き、お手軽に作れる料理を考える。

まぁこれなら野菜サラダか、少し被ってしまうけどスープ系か。あまり代わり映えしないな。

自身のレパートリーの少なさにちょっと落ち込みつつ、これもあれもとやっていたら、玄関が勢いよく開く音がした。

玄関扉が歪《ゆが》むから、勢いをつけるなって言っているのに。あとで言い聞かせないと。

ばたばたと音がして、雲雀と鶲の、元気な帰宅の挨拶が聞こえた。

ちょうど手が空《あ》いていたので、出迎えようと廊下《ろうか》に顔を出したが２人はいない。

おぉ、見事なすれ違いをしてしまった。きっと洗面所だろう。

うがいと手洗いを終え、雲雀と鶲がリビングへやって来た。


「もっかい、ただいまつぐ兄ぃ！　えへへ～」

「ただいま。む、強烈な空腹に耐えている私にトドメを刺すようないい匂い。くんくん、これは絶対美味しい」

「ははっ、お帰り雲雀、鶲」

似たような夕飯が続いていたとしても、余程《よほど》のことがない限り、雲雀も鶲も目を輝かせて喜んでくれる。繰り返すけど主夫冥利に尽きるよ。

いつも通りの妹達に安心し、俺は夕食を仕上げてしまおうとキッチンへ。

今日は宿題がないようで、双子はリビングのソファーに陣取り、ノートパソコンを起動させて何か話している。

キッチンにいると大声じゃないと聞こえないから、俺には分からないな。

まぁ気になるならあとで聞けばいいだけだし、俺に話しておく必要があるなら、２人から言ってくるだろう。

キッチンで動き回ること約20分。夕食の準備が終わったので、楽しそうに話していた雲雀と鶲に配膳を頼み、俺も炊きたてのご飯をよそってから椅子に座る。

炊きたてのご飯はなんにでも合うよな。おかずは思いっきり洋食だけど。

それは置いておき、３人そろっていただきます。

ロールキャベツに箸を伸ばした瞬間、雲雀が変な笑い方をしながら問いかけてきた。

「うふふ～、ねぇねぇつぐ兄ぃ、朝に話したこと覚えてる？」

「朝、ゲームの話をした。王都から離れる準備って」

「……ん？　あ、うん。さすがに覚えてるよ」

続いて鶲が補完《ほかん》するように言い、俺は思わずロールキャベツに伸ばした箸を引っ込めて頷いた。

さっき楽しそうに話していたのはこのことか。

とりあえず温かいうちに食べたほうがいい。もう1度ロールキャベツに箸を伸ばしつつ、雲雀と鶲の話を促す。

大体はいつもの街を離れるときと一緒らしいけど、少しだけ違うようだ。

拠点《きょてん》となる街を離れ旅に出るときは、これまでは馬車や徒歩などの陸路《りくろ》を使っていた。だが今回は、空の旅と海の旅も選べるらしい。

「……へぇ？」

「つぐ兄ぃ、あんまり興味なさそう！」

「え、いや、まぁ、こう、想像がつかなくて」

「むー」

思った以上に俺の反応が薄かったのか、雲雀が思いきり頬を膨らませて、ぶーぶーと可愛らしいブーイング。

ええと鶲大先生が言うには、R&Mは、リアルで1日経つとゲーム世界では1ヶ月以上が過ぎる。そのおかげで発展が目覚ましく、どんどん交通網が整備されている。

俺達が次に目指すのは、北の大地である北海道。これは現実の名前だけど……まぁいいか。

「……ええと、とりあえず、空と海の航路《こうろ》があるからそれで行きたい。行く場所は北の大地の北海道ってことか」

「ん、でっかいどう。特に意味があるわけじゃないけど、世界を見て回るには端から攻めるべし。もっと北には、天使族の住む浮遊島がある。雲雀ちゃんの種族仲間がいっぱい」

「おぉ、なるほど」

特に詳しく説明されたわけじゃないけど納得。情報が不足しているならあとで聞けばいいし、事前情報無しで行ってみるのもいいかもしれない。

雲雀は空の旅、鶲は海の旅を推《お》しているようで、なかなか決まらなかった。

夕食を食べ終えてキッチンに食器を持って行き、食器を水に浸けて帰ってきてもまだ決まらない。

喧嘩《けんか》にはならないだろうけど、さすがに時間がかかりすぎる。

ということで「早く決めないとゲームやる時間がなくなるぞぉ」と言うと、雲雀と鶲が勢いよく椅子から立ち上がった。

さすがに取っ組み合いを始めたら止めようと思っていたら、２人はいきなり両手をクロスさせて握り、拳を引き寄せて中を覗き込む。お？　おぉ？

「ふふふ、恨《うら》みっこなしだよひぃちゃん」

「ん、雲雀ちゃんこそ。負けてから気づいても遅い」

「「……じゃんけーん」」

あれは古《いにしえ》より伝わるとされるじゃんけんの必勝法。真偽《しんぎ》は定かじゃないけど、やれば勝ちの手が見えると言われるよく分からないやつ。

悪い予感はしないけどいい予感もしない。でもまぁ手っ取り早く物事を決めることができるので、俺はあえて何も言うまい。勝者には喜びを、敗者には悲しみを。

俺は無の境地《きょうち》で渡されたヘッドセットを被り、脇についているボタンをポチリ。

あ、勝者は鶲で北の大地までは海の旅になったぞ。

◆　◆　◆

床に崩れ落ちるような格好で悔《くや》しがっていたヒバリも、ゲームを始めればそんなことはなかったように上機嫌だ。

さすがヒバリだと謎の感動を覚えつつ、俺はリグ達を呼ぶために自身のウインドウを開く。

そう言えば、周囲も落ち着いたんじゃないだろうか？　現実で1日経つと1ヶ月だからなぁ。

「おぉ、リグ。いつも元気いっぱいで俺は嬉しいよ」

(＞w＜＊)

「シュ～ッ、シュシュ」

喚び出した途端に元気よく俺の頭に駆け上るリグに、俺は笑いながら背中を撫でる。あ、もちろんメイも小桜も小麦も元気だから俺はとても嬉しい。

いつまでもこの噴水前に陣取っているわけにはいかないので、いつも通り人気《ひとけ》のないベンチへ。

歩いて行くわけじゃないし、長く旅をすることになりそうだし、準備があるだろうから話し合わないと。

現実《リアル》ででもいいけど、実際問題こっちに来てからのほうが、ゆっくり話せるからな。便利な世の中になったものだと……って、関係ないからそれは置いておこう。

ベンチでは奥からヒバリと小麦、真ん中に俺とリグとメイ、手前にヒタキと小桜が座る。

「えっとねぇ、とりあえず今日することは……。旅に必要なものを買うのと、向こうに作業場がないことを見越《みこ》してツグ兄ぃが手料理するのと、1日1回オークキングチャレンジと、ヒタキちゃんが勝ったから海にお船出してくれるギルドに予約……かな？」

「ん、おおむねそれで大丈夫。不慮《ふりょ》のアレコレがあるかもしれないけど」

ヒバリの言葉を聞いていたら「ん？」と首を捻りたくなった。お船を出してくれるギルド？

いやまぁ、湖で遊覧船《ゆうらんせん》を出している人達がいたからいてもおかしくはないと思うけど。

俺の疑問に答えるようにヒタキが説明し、俺はなるほどなるほどと何度か頷く。

簡単に言うなら、あの湖で遊覧船をしていたギルドが力をつけ、魑魅魍魎《ちみもうりょう》が跋扈《ばっこ》する海に進出したんだそうな。普通にすごい。

「んん〜、最初はオークキング討伐チャレンジかなぁ。私達は見て回るのが主だから、いい経験値稼ぎは重要だよね」

「じゃあ、それで行こう。ヒタキもそれで大丈夫か？」

(*＞ェ＜)

「めめっめ、めめめめっ」

「ん、ヒタキもメイも準備万端。いつでも行ける」

　俺が隣のヒタキに問うと、ヒタキの返事が来るより先に、メイが元気な鳴き声を上げるので少しほっこり。まず戦うということで、テンションが上がったようだ。

ヒタキのＯＫももらったことだし、クエストの受付をするため俺達は立ち上がった。

目と鼻の先にギルドがあるから俺だけ行ってもいいんだろうけど、一緒の安心感は何ものにも代えがたい。

　人が少なくなっているし、ギルドの中がみっちりってこともないだろう。

　予想通りギルドは人がまばらで、すぐに受付をすることができた。今回はオークキングの討伐クエストだけを受け、さっそく王都を出る。

　昨日は皆で倒したからすぐに倒せたけど、俺らのみだとどうだろう？　ヒタキの魔法でシャドウハウンドを増やせばいいか。

　さっそくクエストのポイントに移動し、アイコンに触れて戦闘開始。

「数は正義だよ、ツグ兄」

「……まぁ、火を見るよりも明らかってやつだな」

「ん。自分の職業と魔法選びに自画自賛せざるを得ない」

ヒタキにMPを提供し、わいわいぎゃいぎゃいしている最前線を見ていると、ヒタキが俺の肩にポンッと手を乗せて言う。

調子に乗ってシャドウハウンドを増やしすぎたかもしれないけど、楽に倒せるならそれに越したことはない。

たくさん倒せる！　とメイが張り切ってくれたおかげで、オークキング達をすぐに倒すことができたので、そのまま王都へ帰る俺達。

ヒタキ先生がホクホクした表情をしていたから、とても有意義な経験値稼ぎができた……と思う。

これでもう外には出ることはないから、次に王都を出るときは旅立ちのときだな。

「えっと、今からはお買い物かな？　ツグ兄ぃに作ってもらう料理の食材とか、小物とか、あ！　スキルも見ておきたいね」

ギルドへ報告するため大通りを歩いていると、ワクワクした様子のヒバリが話しかけてくる。

　これはいけない。家族揃って遊園地に行くと決まったときと同じ状態だ。ちゃんと言い含めないとな。

「ヒバリ、時間はまだたっぷりあるから。慌てて準備すると何か忘れたりするかもしれないし、ひとつひとつ確実にこなそう」

「ん、急《せ》いては事を仕損《しそん》じる」

「うぅ、ちょっとテンション上がっちゃった。えっと、まずはツグ兄ぃの食材の調達だね。1番大事だもん」

「ん」

　俺とヒタキが指摘すると、ヒバリはすぐに落ち着き、ちょっぴり反省するようにしゅんとした。

　しかし、すぐに持ち前のポジティブさで元気になり、苦笑するヒタキと、俺の手料理について話し始めた。

　ヒバリは肉、ヒタキは野菜、メイ達も加わり二者択一《にしゃたくいつ》的な派閥《はばつ》が……って、どっちも作るから関係ないぞ。

和気あいあいと話しながら歩いていたらギルドにたどり着き、俺達は受付に並ぶ。

さほど時間は過ぎていないから、冒険者達でごった返しているなんてこともなく、5分程度で受付が終わる。すぐに終わることはいいことだ。

ギルドから出て向かったのは、食材を売っている露店商のところ。

様々なものが詰められている肉と野菜セット、キノコやスパイス、乳製品、ちょっと珍しい魔物食材などを購入。

魔物食材といってもゲテモノっぽいのじゃなくて、キノコっぽいのとか果物っぽいのとか。現実では扱えないからちょっと興味あったんだよな。昔は興味なくても、今は出てきたからいいの。


【ベリーマッシュルームの傘《かさ》】

甘酸《あまず》っぱい香りのする小さめのキノコ。暗くて湿《しめ》っていて魔力溜まりのある場所に群生《ぐんせい》しており、意思はないが魔物とされているキノコ。ほのかに甘い味がするので主にデザートに用《もち》いられる。


【トラベルベルベル】

通称、旅人喰いの実。一見拳《こぶし》ほどの大きさだが、葡萄《ぶどう》のように1粒1粒に分かれる木の実。1粒に水分と栄養がたっぷり入っており、食べるのは1日10粒までと決まっている。守らないと

お腹《なか》が緩《ゆる》くなる。栄養豊富な実で旅人や野生動物を誘い、本体の木が襲《おそ》いかかる。

主に買った魔物食材はこんな感じ。まぁ初心者が買うならこんなもの、ってことで。本格的なものはちょっと手が出せなかった。高いってのもあるけど。

いろいろな食材を買えて俺もヒバリ達もホクホクしており、ええと、次に向かうのは雑貨屋だな。

細々《こまごま》した消耗品《しょうもうひん》とか買うために行くんだけど、何か必要なものあったかな？

「食器類をもう少し買っとくか、包装紙もいろいろ使い道があるから多めに買って、水筒もスープ類の保管に便利だし。お、これは」

雑貨屋にたどり着くなり買うものを思い出し、少し前の俺を穴にでも埋めてほしいと思ってしまった。唯一の救いは口に出していなかったことで、もう開き直って買うしかない。

ヒバリとヒタキは俺から離れ、小桜と小麦を連れて、店内を見ているので放っておこう。お小遣いもあるから勝手に買うか、俺のところに持ってくるかするだろうし。

そしていろいろなものを物色《ぶっしょく》していたら、面白そうな糸を発見した。

ええと名前は魔法の糸と言って、【服飾】と【合成】スキルを持っていないと使えないらしい。使い方はとても簡単でこの糸と布などを合成するだけ。

時間のかかる刺繍《ししゅう》が簡単に！　というものらしい。おぉ、面白い。

「ツグ兄ぃ、結構たくさん買うんだね。でもでも、これでますますツグ兄ぃの手料理がいっぱいで……いいね！」

「ん、ツグ兄の手料理は世界一。食べられるならお金は惜しまない。惜しんではいけない。九重家の家訓《かくん》」


不意に後ろからヒバリ達が話しかけてきた。食器やらで俺の荷物は確かに多いけど、ヒバリだってたくさん抱えてると思うぞ。

雑貨屋には品物を入れるカゴがあって、俺のは満タン近い。ヒバリとヒタキは同じカゴに入れているらしく、山がふたつあった。

会計はちょっとした魔物討伐代くらい。食器類が1番高かったけど、ヒバリとヒタキの雑貨も割りと高かった。次に討伐クエストを受けたら、狩り尽くす勢いで頑張ろうと心に決めた。

たくさん買ってホクホクしながら、続いて来たのは2軒隣にあるスキル屋。

俺はあまり必要ないけど、ヒバリとヒタキは違う。確か、もう育たないスキルがあるからなんとかしたいとか。見て回りたいのが1番だろうけどな。

　メイの手を握ってゆっくり歩いていたら、前を歩くヒバリとヒタキの話し声が聞こえてくる。

「まずステータス上がるのを買うとして、その他のも、サブ枠《わく》に置いとけるし、多めに買ってもいいよねぇ」

「ヒバリちゃんは育ちがいいから、多めに持つのはとてもいい。色んなスキルが使えると、たぶん便利」

「うんうん。買うスキル悩んじゃうなぁ～」

　悩んでいるなら相談に乗ってあげたいけど、お兄ちゃんはあまり詳しくないから大人しくしておこう。

　2人の足下にじゃれつく小桜と小麦にハラハラしつつ、30秒とかからずお目当てのスキル屋へ。ここもあまり人がいないな。

　軽《かろ》やかな音を鳴らすドアベルと笑顔の素敵な店主に迎え入れられ、中へ入る。店内にはスキル玉がズラリと並び、ヒバリは元よりヒタキも目を輝かせた。

　俺もよさそうなスキルがあったら買ったほうがいいんだろうか？　そんなことを考えて

いると、メイが背伸びをしている。

「ん？　メイ、スキル見たいのか？」

(・ェ・*)
「めめっ、めぇめ」

メイがはっきりと頷いたので俺はメイを抱き上げ、頭に乗っているリグと一緒にスキルを見ることに。というか、リグはいつまで俺の頭に乗っているんだろう？

俺はいいけど、リグはいつも寝てるのになぁ。

ピンと来るものがなくて眺めるだけになったけど、ヒバリとヒタキは違うようだ。どれにしようか悩むヒバリ、たぶん事前に調べているヒタキ。

そんな彼女達の姿を横目で見つつ、俺の服の裾を引っ張るメイに意識を戻す。

メイの指すひとつのスキル玉を覗き込む。ええとスキルの名前は【織物《おりもの》】？

手織り、毛織りに携《たずさ》わる者の必須《ひっす》スキル。スキルレベルが上がれば上がるほど様々なことができるようになる……と。

なるほどな。専門の知識がなくてもある程度はできるようになるかも。糸や毛糸くらいは……。

「うん、これ買うよ」

（＞ェ＜＊）
「めめっ、めぇめめめぇ」

（＊＞ｗ＜）
「シュ？　シュシュ？　シュ～」

俺が決意したように呟くと、リグとメイが嬉しそうな鳴き声を上げ、俺もちょっと嬉しくなる。それくらいで喜んでもらえるなら、ってやつだな。

値段もお手頃だしこれだけでいいや、と思いながらヒバリとヒタキに視線を向けた。

彼女達はああでもないこうでもない、と悩んでいる様子。どれもいずれは買うんだろうに。

「……ヒバリ、ヒタキ、何を悩んでいるんだ？」

「あ、ツグ兄ぃ」

「ん、ちょっとだけ悩んでる。こっちにするか、あっちにするか」

俺が声をかけると、ようやく気づいた、と言うように振り向き、ヒタキはふたつのスキル玉を指で示した。

ええとなになに？　ひとつは挑発スキルの範囲を拡大するスキル。ひとつは手のひらから水を出す宴会芸《えんかいげい》スキル……って、本当に悩んでいたのか？

ふたつのスキルを見比べ俺はさぞかし変な表情をしていたのだろう。それはもう満足そうなヒタキの表情で、俺を試《ため》したのかと気づく。

ま、まぁ、面白いからいいか。でも、宴会芸のスキルはいらないかな。うん。

「食材を買うより安いスキル選び……」

「ツグ兄、それは言わない約束でしょ。ふふ」

「私達はツグ兄ぃの料理に妥協はしないからねぇ。料理、大事、絶対ってやつだね」

俺は先ほどの【織物】というスキルで、ヒバリは【挑発範囲拡大】と【状態異常耐性アップ】、ヒタキは【軽業《かるわざ》】と【状態異常耐性アップ】だな。

挑発範囲の拡大は文字通りの効果、状態異常耐性のアップも……いや、全部説明しなくていいか。1番高かったのは【状態異常耐性アップ】だったぞ。金額は内緒。

「とりあえず、ほしいスキルはゲットしたからホクホク」

「重複《ちょうふく》するって言っても本当に必要なものとか、考えないとだもんねぇ。成長枠だって10しかないし」

「ん、あまり高くないスキルを工夫しないと……」

真剣にスキルを選んでいるお客さんがいるから、買い終わった俺達は早めにスキル屋から退出。続いては買った食材を料理しよう、ということで作業場だな。

楽しそうに話すヒタキとヒバリの会話を聞きつつ、通り道の噴水広場に視線を向けると、なんとルリがキョロキョロして何かを探していた。シノはいつも通り無表情だけど。

たぶんルリは俺達のことを探している……と思う。

双子は気づいていないので慌てて呼び止め、噴水広場を指差すと、２人も驚いた表情を浮かべる。

今日はやれない日のはずなのに、とかヒバリが呟いているけど、とりあえず話を聞いてみよう。考えるより行動。

「ルリちゃ～んっ！　ど～うしたのぉ～！」

「あ、ヒバリ！　は～、すぐ見つかってよかった。ちょっとお願いがあるの！」

ヒバリが手をブンブン振りながらルリ達に駆け寄り、ルリもこちらへ向かってくる。

積もる話がありそうだからベンチに移動したほうが……いや、料理もしなきゃいけないから作業場って手も？

そう提案すると、用事が終わればすぐログアウトするから、と言うのでベンチに移動。

「さっそくだけど用件から話すわ。私達、王都を出て南に向かおうかと思っているの。お昼にヒバリ達と話してるときはそんなこと考えてなかったんだけど、情報収集の結果ってやつね。浪漫《ロマン》武器のため南に行きたいの！　それで、しばらく会えなくなるじゃない？だったらあれがあれば遠い場所でも会えるって気づいたの！」

「……あれ、って、ギルドのルーム？」

「そう！　それよそれ！　ミィがいないけど、さっきメールしたらいいって言ってくれたから大丈夫よ。ちょうど6人だし、ど、どうかしら？」


皆がベンチに座る時間も惜しい！　と言わんばかりにルリがマシンガントークを始め、なんとか理解できたヒタキが、首を捻りつつ言葉を返す。

ついて行けない俺はヒバリに助けを求めたけど、彼女もぽへーっとした表情をしている。人生諦めも大事だ。

ええと分かるところを掻い摘まんで話すなら、15歳以下のプレイヤーはギルドマスターになれない。副ギルドマスターにはなれるけど、保護者兼監督者《けんかんとく》としてもう1人16歳以上の副ギルドマスターを用意しないといけない。

15歳以下はギルドメンバーとしてなら立派に1人とカウントされるので、兄組でギルドマスターと副マスターをやり、妹組の4人でメンバーをやれば、ちょうどいい……と。たぶん。

ルリ達は楽しそうに話しているんだけど、兄組である俺達はこそっと集まりこそっとお喋り。

折半《せっぱん》すればギルド設立に必要な金額は足りる、デメリットはないから妹組の好きにさせようなどなど話し合った。

ギルドを設立するには、それなりに費用がかかる。拠点の内装とか追加設備とかあるからな。

しばらく楽しそうだったルリはハッとして俺の様子を窺う。余程のことじゃなきゃ、ダメって言わないよ。

やると決まったのなら早く行動したほうがいいと、俺達は次にギルドへ向かった。

ギルド設立要件は最初のころと少し変わった。やっぱりいろいろあったから規約を変更したらしい。

俺達はクエストを一定数以上クリアしてるし、設立に必要な人数も揃っている。

資金もなんとかなりそうだし、荒唐無稽《こうとうむけい》ではないはず。

人がいないギルドの中でも特に暇そうな受付の人を選び、「ギルドを設立したいのですが……」と話しかける。

珍しい申し出ではないようで、俺の問いかけに姿勢を正《ただ》した受付の人は『書類をお持ちいたしますので少々お待ちください』と席を立つ。

5分ほどで数枚の書類と手のひら程の大きさの木箱とともに帰ってきて、テーブルの上に書類を並べ始めた。

『ギルド設立に関する書類は全部で3枚です。1枚目は規約とか約束事とか、様々な細則が書かれております。こちらは皆様の中でリーダーとなる方がお持ちになられるとよろしいかと。2枚目は創世の女神エミエール様への宣誓《せんせい》ですね。これにサインしていただきますと、女神様の加護で便利になったり悪いことをしたら不利になったり。サインをしないとギルドの設立はできません。3枚目はその写しです。こちらは差し上げますので、設立したギルドのマイルームに飾ったりします』

「……な、なるほど」

『ギルドを設立するのに要する費用は一律《いちりつ》100万Mとなっております。これはどこで設立しても同じです。主な費用の内訳は設立手数料と、こちらの木箱に入っているルームクリスタルの代金になります。ルームクリスタルは魔石とは違いますが、重要機密《きみつ》なので詳細をお話しすることはできません。ギルドが部屋を使用するのに不可欠《ふかけつ》な石、とでも思ってください。こちらどれだけギルドメンバーが増えても追加費用は発生しませんのでご安心ください』

ヒバリ達から聞いたことのある話も、聞いたことのない話もきちんと頭に叩き込む。聞き逃してもヒバリ達がいるし、１枚目の書類に書いてあるらしいので大丈夫……と思いたい。

木箱に入っていたルームクリスタルは、青みがかったただのクリスタルの石に見える。まぁ、現実じゃないから見た目だけで判断できないか。

資金は大丈夫ですか？　と受付の人に言われたので、俺は大丈夫と頷く。会議してたときにシノから資金をもらったし、すぐにでも支払える状態だ。

俺の返事に満足そうな表情をした受付の人は、まず２枚目と３枚目の書類にサインをしてほしいと言う。

１枚目の書類はヒタキ先生に渡しておこう。俺もあとで見るけど、一応。

「……リーダー、ギルドマスターは」

「ツグ兄ぃ！」

「ん」

「シノができるわけないわ」

「ええ、できるわけないです」


圧倒的多数により俺がギルドマスター、シノが副ギルドマスターということに決定。ヒバリとヒタキ、ミィとルリはギルドメンバーだな。

まぁどれもこれも名ばかりの役職ってやつだけど。自分達専用のルームがほしかっただけだし。うん。

皆も2枚の書類に名前を書き、規約の見落としがないか不備《ふび》がないか、受付の人も交えて確認した後太鼓判《たいこばん》を押してもらう。

ギルドの名前はそれこそ自由であり、希望があれば登録《とうろく》するけど基本は番号管理とかなんとか。

俺はギルドの名前にこだわりはないので番号でいいんだけど、ヒバリ達はそうでもないらしい。あとでもいいみたいだからあとでな。

ピピッと100万Mを支払い、最終確認が終わると3枚目の書類と木箱に入ったルームクリスタルを受け取った。

1枚目の書類はヒタキが読んでるからな。

クリスタルは偽造《ぎぞう》防止や盗難《とうなん》防止など様々な付与がされているけど、なんとなく怖いのでささっとインベントリへ。あとでルリとシノに分けよう。

『これにてギルド設立の手続きは終わりになります。長い時間お疲れ様でした。何か分からないことがございましたら、最寄《もよ》りのギルドで承ります』

「いろいろとありがとうございました」

「「「ありがとうございました！」」」

俺達は迅速《じんそく》にギルド設立ができてホッと一息。

元気に挨拶をしてギルドから退出した俺達は、ルリとシノのこともあり、再度ベンチへ向かう。

彼女達に時間があれば作業場のほうがゆっくり話せたんだろうけど、時間を気にし始めているので、さっそく本題に入ろう。

俺はいつも通り妹達に席を譲《ゆず》りつつ、自身のインベントリを開き、ルームクリスタルを取り出す。

ええと、これを、こうして、分ける感じで、感覚で、ほいっと。

そうすると綺麗な菱形《ひしがた》の小さなクリスタルがふたつ俺の手に現れ、元のクリスタルを見てもどこが欠けたのか分からない。これはまぁ、ファンタジーということで。

「ルリ、シノ、これがルームクリスタルの欠片《かけら》だよ」

「ありがとうツグミ！　本当、いきなり言い出したことなのに……。えっと、本当にありがとう！　今は時間がないからあれだけど、近いうちにルームのことで話し合いしましょう？」

「ん、約束。絶対」

ルリはルームクリスタルの欠片を大事そうに握りしめ、シノはちらりと視線を向けるだけでインベントリへしまい込んだ。

そして本当に時間がなかったらしく、ヒタキが頷くと同時にルリは立ち上がり、手を振って帰っていく。忙しいのは大変だな。

「……とりあえず、作業場行こっか。お船の予約もしないとだし。ツグ兄ぃの手料理もいっぱい作ってもらわなきゃ」

「ん、そうだね」

勢いのあるルリに気圧《けお》されたというかなんというか、呆気《あっけ》に取られた俺達ではあったけど、気の抜けた様子のヒバリの言葉に頷き、作業場へ向かうことになった。

いろいろやらなきゃいけないことがあるし、いったん人気《ひとけ》のないところで落ち着きたい気分だ。

皆も同じ気持ちらしく、目と鼻の先にある作業場の2階の部屋へ移動した。

部屋に入り、今の今まで大人しくしてくれたリグ達を労りつつ椅子に座る。

リグとメイを撫でながら今日作る料理について考えていると、ヒバリが突然「あ！」と声を上げる。いったいなんだ？

膝の上に座る小麦を隣の椅子に置いて、自分が見ていた画面を見せてくるヒバリ。

「これ見てこれ～。船の予約はこの掲示板からできて、最近は本格キッチン機能を追加したって。利用したい方は予約のとき一緒に書き込んでください、だって！」

「へ、へぇ。便利だな」

海のひとときキャンペーンとか細かい規約は気にすんな、とか書いてあるけど、本当に大丈夫か？

心配になってヒタキ先生を見ると、彼女は全て分かっているという表情で頷く。ならいいや。

値段は大人1万M、15歳以下は5000M、リグ達のような小型の魔物は2000Mらしい。

リグ達は休眠させれば金はいらないみたいだけど、それは俺が嫌なのできちんとリグ達の分も予約。

書き込みはヒタキに頼んだのでスムーズに行われ、船のギルドからも「ぉk。○日は○時に出発するよ。来ないとキャンセル扱いで、何回も続くとブラリ入りだから」とのこと。

言葉使いが軽すぎな気が……まぁでも、予約ができたのならよしとしよう。

なんだか料理を作るのが億劫《おっくう》になってきた。けど、さっき買ったベリーマッシュルームの傘《かさ》とトラベルベルでジャム作りたいなぁ。

それだけ作って、今日は終わりにしようか。焦《あせ》って作るほど困ってないし、船でも料理ができるみたいだからな。

「ええと、とりあえずジャム作るわ。この食材が気になってたし、ヒバリとヒタキは好きに話し合ったらいい」

「ん。ツグ兄の料理タイムにまとめとく」

少しばかり悩んでいるヒバリとヒタキに告げ、俺は立ち上がった。まぁ、料理って言えるか怪しいけど一応。ヒタキが了承したので俺は作業台に向かう。

雑貨屋で見かけたガラス瓶がアレだったので、まずは自分で作るところから。用意するのは初級錬金セット、ガラス砂、錬金士。割りとお手軽かと思われます。俺は錬金士だからな。

そして錬金釜《がま》の中に適度な量のガラス砂を入れ、棒で交ぜながらＭＰとスキルを使えばあら不思議。俺の手のひらほどの大きさのガラス瓶が現れたじゃありませんか。

至極普通のガラス瓶だけど、俺の用途《ようと》にぴったり。

【透明《とうめい》なガラス瓶《びん》】
濁《にご》りガラスがまだまだ主流の中、無色《むしょく》透明なガラスは価値が高い。様々な用途《ようと》に事足《ことた》りる強度を備《そな》えている。熱にも強い。当たり前だが落とすと割れるので注意が必要。レア度４。
【製作者】ツグミ（プレイヤー）

このゲームが始まって結構時間が経っているけど、まだ無色《むしょく》透明のガラスは普及《ふきゅう》していないのか。そう言えば国がなんたらって言っていたし、大人の事情があるのかもしれないな。

まぁいいやと錬金セットを片付けて俺はインベントリから食材を取り出す。ベリーマッシュルームの傘とトラベルベルベル、砂糖、レモンだ。

その他の道具は作業台の下から取り出せばいい。ええと、最初は下準備。

ベリーマッシュルームの傘を風味が逃げないよう丁寧かつ軽く洗い、トラベルベルベルもさっと洗う。水気を軽く切ってからふたつの大きさが同じくらいになるよう、適当に切る。

『ベリーマッシュルームは果肉の役割をしてくれそうなので、今回のジャムはごろっとジャムだな。食べ応えがありそうな予感。

切り終えたら鍋《なべ》の中に入れ、砂糖とレモンを搾《しぼ》って入れる。

砂糖やレモンの量は個人のお好み、って感じかなぁ。俺はすっきりした甘みが好きだから、レモンがちょっと多め。

全部入れ終えたら焦がさないよう弱火にかけ、果汁が鍋いっぱいになったら強火にして灰汁《あく》を取り除きつつコトコト煮込む。


「……あちっ」


味はどうかとスプーンで少しすくい、冷ましたけど、やっぱり熱かった。

まぁ俺好みのジャムにできたからそれでいい。でも、まだしゃばしゃばだから煮込む必要があるな。

そしてジャムを詰めるガラス瓶。やらなくても大丈夫だろうけど、鍋いっぱいに水を張りその中にガラス瓶を沈めて煮沸《しゃふつ》消毒。

そんなことをしていると時間が過ぎ、いい具合のジャムが鍋の中に現れる。味見は先ほどしたので、ガラス瓶の中にジャムを詰めて冷めるまで置いておく。

あとはもうなにもしないから片付けをして、ヒバリ達の待つテーブルに帰ればいい。


【すっきりした甘さのベリベルジャム】

ベリーマッシュルームの傘とトラベルベルベルの実を煮込んで作られたジャム。製作者の好みですっきりした甘さになっており、いくらでも食べられる。レア度４。満腹度＋25％。

【製作者】ツグミ（プレイヤー）

片付けが終わりテーブルへ帰った俺を待っていたのは、お疲れさまという言葉と、ジャム瓶への熱い視線。ヒバリとヒタキもそうだけど、リグ達もジャム瓶に熱い視線を注いでいる。

だってほら、ジャム瓶を動かすと視線が追うように動くから。すっごい面白い。

「あー、あじみしてくれるひといないかなー？　おれだけのあじみじゃわからないからなー。おまえたちもあじみしてくれないかなー」

「す、するする！　味見する！」

「ん。美味しくなかったら困るから味見する」

(>w<*)

「シュ〜ッ、シュシュ」


　自分でもとてつもなくわざとらしかったと思っているので反省はなし。そんなあざとい言い方でもヒバリ達は気にしないらしく、勢いよく食いつく。

　プレーンクッキーとパンに塗《ぬ》って差し出すと「んまぁ〜いっ！」と、主にヒバリが喜んでくれたので俺も大満足。ヒタキはじっくり味わう派だ。


「旅を始めたらいくらでも食べられるから、いったんしまっちゃうな。あと、そろそろ作業場を出る時間だぞ」

「ん？　そうだった」


　行儀が悪いけど指についてしまったジャムを舐めつつ、反対の手で瓶の蓋を閉めてインベントリへしまう。

　ちゃんと冷ましたし、出していたらいくらでも食べちゃう子がいるからね。

そして俺も忘れていたんだけど、インベントリを開けたとき時間を見て気づいた。俺の言葉にそうだそうだ、とヒタキが立ち上がる。

それでヒバリも気づき、３人で忘れものややり残したことがないか、いつもは噴水の前でやることをやって作業場を退出。

ヒバリとヒタキはログアウトしたらミィと話したいらしい。ルームのこととかあるからなぁ。

目と鼻の先にある噴水にたどり着くと、いつものようにリグ達を軽く撫でてから休んでもらう。

次は俺達の番だ。ステータスだけ確認してからログアウトしよう。

REAL&MAKE
リアル アンド メイク

【プレイヤー名】
ツグミ
【メイン職業／サブ】
錬金士Lv 51／テイマーLv 51
【HP】1042
【MP】1967
【STR】202
【VIT】198
【DEX】317
【AGI】194
【INT】344
【WIS】319
【LUK】278
【スキル10／10】
錬金33／調合32／合成51／料理94／
ファミリー45／服飾44／戦わず64／
MPアップ76／VITアップ37／AGIアップ39
【控えスキル】
シンクロ（テ）／視覚共有（テ）／魔力譲渡／
神の加護（2）／ステ上昇／固有技 賢者の指先／織物《おりもの》1
【装備】
にゃんこ太刀／フード付ゴシック調コート／
冒険者の服（上下）／テイマーブーツ／
女王の飾り毛マフラー
【テイム3／3】
リグLv 73／メイLv 82／小桜・小麦Lv 59
【クエスト達成数】
F43／E15／D3／C2
【ダンジョン攻略】
★★☆☆☆

REAL&MAKE
リアル アンド メイク

REAL&MAKE
リアル アンド メイク

【プレイヤー名】
ヒバリ
【メイン職業／サブ】
見習い天使Lv57／ファイターLv56
【HP】2413
【MP】1427
【STR】357
【VIT】449
【DEX】299
【AGI】302
【INT】324
【WIS】291
【LUK】338
【スキル9／10】
剣術II43／盾術II45／光魔法80／
挑発II18／STRアップ72／水魔法9／
MPアップ58／INTアップ51／
状態異常耐性アップ1
【控えスキル】
カウンター／シンクロ／ステータス変換／
重量増加／神の加護（2）／ステ上昇／
固有技 リトル・サンクチュアリ／HPアップ100／
VITアップ100／挑発範囲拡大
【装備】
鉄の剣／アイアンバックラー／レースとフリルの
着物ドレス／アイアンシューズ／見習い天使の羽／
レースとフリルのリボン

REAL&MAKE
リアル アンド メイク

REAL&MAKE
リアル アンド メイク

【プレイヤー名】
ヒタキ
【メイン職業／サブ】
見習い悪魔Lv52／シーフLv51
【HP】1349
【MP】1397
【STR】271
【VIT】245
【DEX】429
【AGI】371
【INT】291
【WIS】286
【LUK】303
【スキル10／10】
短剣術II3／気配探知81／闇魔法70／
回避II7／火魔法15／MPアップ49／
AGIアップ51／罠探知48／罠解除29／
状態異常耐性アップ1
【控えスキル】
身軽／鎧通し／シンクロ／神の加護（2）／
木登り上達／ステ上昇／固有技 リトル・バンケット／
忍び歩き26／投擲39／狩猟術1／
DEXアップ100／軽業《かるわざ》
【装備】
鉄の短剣／スローイングナイフ×3／
レースとフリルの着物ドレス／鉄板が仕込まれた
レザーシューズ／見習い悪魔の羽／始まりの指輪／
レースとフリルのリボン

REAL&MAKE
リアル アンド メイク

ウインドウを開いて【ログアウト】のボタンを押すと、すぐに意識が遠くなった。

◆　◆　◆

目を開けると、まだ雲雀と鶲は寄り添って寝ている。

時計を見ると、30分弱しかゲームをしていなかったようだ。

ほどなくして雲雀と鶲が起き、２人揃って大きく伸びをするので俺もやっておく。

「雲雀、鶲、ゲームの片付けは頼んだからな」

「お～、任された！」

「ん、それもやるからって約束。絶対やる」

寝る時間が遅くなってしまうのですぐにソファーから立ち上がり、俺はキッチンへ向かう。

ひたすら食器を洗っていたら、途中で雲雀と鶲が部屋に戻ると言いに来て、階段を上っていく。

美紗ちゃんと遅くまで話し込んでいたら怒らなきゃならないけど、たぶん大丈夫だろう。

皿を洗い終えたら、明日に備《そな》えて俺もすぐに寝るとするか……。

R&M攻略掲示板

【ロリコンは】LATORI【一日にしてならず】part7

（主）＝ギルマス
（副）＝サブマス
（同）＝同盟ギルド

1:かなみん（副）
↓見守る会から転載↓
【ここは元気っ子な見習い天使ちゃんと大人しい見習い悪魔ちゃん、生産職で女顔のお兄さんを温かく見守るスレ。となります】
前スレ埋まったから立ててみた。前スレは検索で。
やって良いこと『思いの丈を叫ぶ・雑談・全力で愛でる・陰から見守る』
やって悪いこと『本人特定・過度に接触・騒ぐ・ハラスメント行為・タカリ』
紳士諸君、合言葉はハラスメント一発アウト！
ギルマスが立てられないって言ったから代理でサブマスが立ててみたよ。上記の文、大事！　絶対！
・
・
・

書き込む　全部　<前100　次100>　最新50

R&M攻略掲示板

597:かるぴ酢

>>589　俺達はロリコンという業を背負《せお》いし者。ちっとやそっとじゃ止められねぇ。止まっちゃいけねぇんだ。

598:魔法少女♂

今日も元気に程ほどに☆
国宝のロリっ娘ちゃん達に手を出す輩《やから》はOHANASHIかお仕置きして参りましょー☆☆★

599:コンパス

お、ロリっ娘ちゃん達がログインしたよ。

600:餃子

>>591　まぁ確かに。でも、南って可能性もある……かも？

601:sora豆

荒《すさ》んだ心が浄化される……。きゃわたん。

602:kanan（同）

>>591　俺も俺も～。最北端《さいほくたん》には天使族の住む浮島があるって言うし、目指しそうだよねぇ。まぁ、南の島には悪魔族が住む地底の国があるみたいだし、一概《いちがい》に言えないなぁ。う～ん。

R&M攻略掲示板

603:かなみん（副）

あ、そうそう。ギルドルームの外装と内装は機能性重視《じゅうし》で決定したよ。友達を呼んでも恥ずかしくない、をコンセプトにしました！　他プレイヤーの招待権限《けんげん》は皆持ってるはずだから、どんどん呼んでくれて構わないよ！　あわよくばロリコン仲間を増やすのです。うふふ。

604:氷結娘

ロリっ娘ちゃん達はお買い物だって。猫又《ねこまた》ちゃん達もほんと可愛いよなぁ。動物好きにも優しいロリっ娘ちゃんＰＴ。

605:黄泉の申し子

>>597　お、おぅ……。

606:ましゅ麿

>>599　お知らせ乙です。今度一緒に教会巡り行きましょ～。

607:中井

買い物してるロリっ娘ちゃん達を見てると、空《す》かないはずのお腹が空《す》いてくる気がする。お兄さんの手料理いいなぁ。ちょっとしたものでもほんとに美味しいんだよ。うーまーそーうー。

書き込む　全 部　<前100　次100>　最新50

R&M攻略掲示板

608:密林三昧
ひっさびさにクジ引いたら黒玉きたー！
こちらどんな魔物でも数秒間笑わせることができる笑い袋となります。ただし１回こっきりの使い切りとなります……って、使えるのかこれ？　まぁもしかしたら役に立つかもだし、そのときまで取っておこう。別名は箪笥《たんす》の肥《こ》やし。

609:プルプルンゼンゼンマン（主）
>>603　元ぼっちプレイヤーには荷が重いぜ。

610:わだつみ
お買い物してるロリっ娘ちゃん、楽しそうで何より。これを守りたいこの笑顔、って言うんでしょ？　ふひひ。

611:甘党
>>602　考えることを放棄《ほうき》して、ロリっ娘ちゃん達は全ての場所を回るって思い込むんだ。そうすれば考えずにすむ。俺達もついて行ってロリっ娘ちゃん達を守るだけ。な？　簡単だろ？

612:こずみっくZ
ここは料理ギルドのとてつもない頑張りで割りと美味しい料理が食べられるけど、離れたら美味しくないのかなぁ。でも食べないと空《くう》

R&M攻略掲示板

腹補正《ふくほせい》入っちゃうし……ぐぬぬ。

613:ちゅーりっぷ
およ？　スキル屋から噴水のとこ戻ってきたら小鬼ちゃんも来てる？　合流かな？　んん？　いや、なんか話すのか？

614:さろんぱ巣
>>603　新しいギルド員のことも同盟のこともいろいろあるけど、とりあえず友人連れてきてみるわ。あんまりゲーム上手じゃないからって遠ざかってるけど。俺より凄まじい同志だし。

615:パルシィ（同）
君達の副マスに誘われたからＮＰＣ主催《しゅさい》のオークション行ってきまーす。いいのあったら買うぞぃ。
・
・
・
662:つだち
【悲報《ひほう》】ロリっ娘ちゃん達は北、小鬼ちゃん達は南の旅。
【朗報《ろうほう》】ロリっ娘ちゃん達がギルド設立。

書き込む　全部　＜前100　次100＞　最新50

R&M攻略掲示板

663:iyokan
ギルドを設立したってことはマイルーム目当てかなぁ。便利だよね。
設立資金が高いけど、長い目で見れば得だし。

664:白桃
>>655　国から設立ギルドへの依頼なんて、トップギルドじゃないとそうそうないんじゃないかな？
普通に経営ギルドに依頼すればいいことだし、説明難しいけど……。
たぶん、おそらく。

665:もけけぴろぴろ
俺達が北に南に旅をすることになるなら、ギルドの拡張機能を充実させないとな！　ギルドのマイルームから１度行ったことのある場所への転移、とかできるみたいだし？　めっちゃ金と時間と素材がかかるけど！　やって損はないはず！　たぶんな！

666:空から餡子
うーん。小鬼ちゃん達も気になるけど、ロリっ娘ちゃん達のほうが気になるから。浮気《うわき》はダメって古事記にも書いてあるし。

667:こずみっくZ
美味しいものがあるならどこにでも行くよー。

書き込む　全部　＜前100　次100＞　最新50

R&M攻略掲示板

668:棒々鶏（副）

とりま地図はあるし、一応コネもあるから大量のギルメン連れて船にも乗れるし、あとはあそこの料理を買い占《し》めるかー。お兄さんの料理を買い占めたい。あれは骨身《ほねみ》に染みる優しい家庭の味。

669:ナズナ

>>661　なぁ知ってるか？　ロリコンって、機動力がすごいんだぜ？　しかもナナメの方向に。

670:焼きそば

>>663　ほんっと便利だよねぇ。作ってから気づいた派だけど。

671:夢野かなで

おばあちゃんがグリフォン旅してみたいって言うので、船の旅は一緒にいげなぐなりまじだー！　目的の場所は一緒なので現地集合ってことで。もふもふ堪能《たんのう》するぞぉ～！

672:黒うさ

ＶＲだけど酔うかな？　乗り物苦手《にがて》なんだけど……。さすがに徒歩《とほ》はつらいよな。今まで移動は徒歩だったんだ。

R&M攻略掲示板

673:かるぴ酢
あそこの船を使うってことは、もしかしたら珍しい魔物とか見れるかも！　前はクラーケン出たって言ってたし。

674:魔法少女♂
>>663　ね～★ちょ～おべんりぃ★★☆

675:sora豆
とりあえずちょいと作戦会議せねば……！　心の中のロリコンと。

676:ヨモギ餅（同）
俺のギルドは今、北のほうが拠点《きょてん》だから来てくれるの楽しみ。俺もフラフラしないようにしないと。

677:コンパス
>>666　古事記に書いてあるなら仕方ない。うんうん。

678:餃子
浪漫《ロマン》武器はちょっと気になるけど、世界中に浪漫武器散《ち》らばってんだよな。だってここはファンタジーがベースの世界。魔物にドラゴン、神様すらいるんだから、散らばってないほうがおかしい。

書き込む　全部　<前100　次100>　最新50

679:ましゅ麿

>>672　リアリティ設定ないなら大丈夫、なはず。

680:黄泉の申し子

北は寒い、南は暑い。それだけは肝《きも》に銘《めい》じよう。今いるところは気候と季候が穏《おだ》やかで温いから余計に。

681:フラジール（同）

>>676　あっ、耳が痛ひ……。

あとがき

この度は、拙作《せっさく》を手に取っていただきありがとうございます。

今回はキャラ達の紹介ではなく、いつも素敵なイラストを描いてくださっている、まろ様の挿絵について語りたいと思います。


まず、第七巻の本編の最初に登場する超弩級龍・古。

これは「シロナガスクジラのような特大の大きさで、金魚みたいな優雅さを持った龍をお願いします！」と注文しました。その結果はご覧の通り。

凄く可愛らしく、作者のイメージを上回る仕上がりで大満足しています。

そしてそして――！

一番の目玉なのが装丁《そうてい》を飾る白い毛玉こと、ポメラニアンとフェンリルのハーフ子犬です。

「とにかく丸く！　毛玉のようなポメラニアンを！」

と、オーダーしたところ、突《つつ》けばそのまま転がっていきそうなコロコロ毛玉に仕上げていただきました。少々、意外性と楽しさを求めすぎてしまった気もいたしますが……とても可愛らしいので大丈夫かなと思っています。

こちらも本当にお気に入りです。まったくもって絵師さんには頭が上がりません。

それから、満を持して登場した可愛いテディベアこと蜂蜜鬼神様。

どのような容姿《ようし》にしようかと悩んでいた時期もありましたが、いつもの作者のノリと勢いでテディベアに決まりました。スカーフとポシェットが良く似合うマスコット的な子なのに、作中で一番を争う強キャラという妙なアンバランスさが素晴らしかったです。

完成画を見た時には、たまらず胸がキュンとしてしまいました。

ハチミツがあればしばらく仲間になってくれますので、是非《ぜひ》R＆Mで見かけた際は貢いでみてください……！

そのほか、まだいろいろと語りたいこともありますが、この辺で終わらせていただきます。

最後になりますが、この本に関わってくださった全ての皆様へ心からの感謝を申し上げます。

それでは次巻でも、皆様とお会い出来ますことを願って。

二〇二〇年十二月　まぐろ猫＠恢猫

アルファライト文庫

この作品に対する皆様のご意見・ご感想をお待ちしております。

おハガキ・お手紙は以下の宛先にお送りください。

【宛先】

〒150-6008 東京都渋谷区恵比寿 4-20-3 恵比寿ｶﾞｰﾃﾞﾝﾌﾟﾚｲｽﾀﾜｰ 8F
（株）アルファポリス　書籍感想係

メールフォームでのご意見・ご感想は右のＱＲコードから、
あるいは以下のワードで検索をかけてください。

アルファポリス　書籍の感想　検索

ご感想はこちらから

本書は、2018 年 3 月当社より単行本として
刊行されたものを文庫化したものです。

のんびり VRMMO 記《き》 7

まぐろ猫@恢猫（まぐろねこあっとまーくかいね）

2021年 1月 31日初版発行

文庫編集－中野大樹／篠木歩
編集長－太田鉄平
発行者－梶本雄介
発行所－株式会社アルファポリス
〒150-6008東京都渋谷区恵比寿4-20-3恵比寿ガーデンプレイスタワー8F
TEL 03-6277-1601（営業） 03-6277-1602（編集）
URL https://www.alphapolis.co.jp/
発売元－株式会社星雲社（共同出版社・流通責任出版社）
〒112-0005東京都文京区水道1-3-30
TEL 03-3868-3275
装丁・本文イラスト－まろ
装丁デザイン－ansyyqdesign
印刷－中央精版印刷株式会社

価格はカバーに表示されてあります。

落丁乱丁の場合はアルファポリスまでご連絡ください。

送料は小社負担でお取り替えします。


ISBN978-4-434-28374-1 C0193